他非昔日他

〔日〕太宰治 著
程亮 译

中国出版集团
现代出版社

目录

鱼服记

一

本州北端有一山脉，名为梵珠，只是些高不过三四百米的起伏丘陵，因而寻常地图并无记载。据说很久以前，这一带是汪洋大海，义经率众家臣一路北逃时，曾在此乘船渡海，欲前往远地虾夷，船只却撞上了这条山脉。遗迹至今尚存，就在山脉正中隆起的小山的半山腰，约三十坪大的赤土崖即是。

小山名叫马秃山。据说是从山脚下的村庄望去，赤土崖形似一匹奔腾的骏马，故而得名，但实则更像朽迈老人的侧脸。

马秃山的后山风景优美，令此地名声益盛。山脚下的村庄是个很小的寒村，仅有二三十户人家，一条小河流经村头，溯河而上十五余里，即至马秃山后山，可见一挂长近十丈的瀑布似白练直落而下。从夏末到秋天，漫山树木霜叶似火，其间这深山也因来自周边城镇的游客而显出几分热闹。瀑布下，甚至开有一家小茶馆。

今年夏末，瀑布潭里淹死了人。死者并非自寻短见，而是失足落水。那个白净的京城学生，是来采集植物的。这一带生长着许多珍稀蕨类，常有采集者光顾。

瀑布潭三面皆是高崖绝壁，唯独西面裂开一道狭缝，一条溪涧自岩石间穿凿流出。绝壁每时每刻受瀑布飞沫的迸溅，又湿又滑，密生其上的蕨类植物，在瀑布轰响中瑟瑟颤抖。

学生爬了绝壁。那天过午，绝壁崖顶仍残留着初秋的明媚阳光。他爬至半途，脚下踩着的头颅大的石头竟轻易松脱。学生像被什么东西从悬崖上生生剥离似的，一下子掉了下去，虽被绝壁上的老树树枝挂住，可树枝又断了，他发出骇人的惨叫，砸入深潭。

当时碰巧在瀑布附近的四五个人目睹了那一幕，而潭畔茶馆里的十五岁少女看得最清楚。

学生一度沉入水潭深处，又倏地将上半身跃出水面。他双眼紧闭，嘴巴微张，蓝衬衫已破烂不堪，采集包还挂在肩上。

然后，学生又被猛地拖下水底，从此再未出现。

二

春土用[1]到秋土用期间，若赶上好天气，离老远就能望见马秃山上升起的几缕白烟。此时节山中树木精气旺盛，适合制炭，所以烧炭人也很忙碌。

马秃山有十几个烧炭棚，瀑布旁也有一个。这个窝棚盖得远离其他窝棚，因为棚主是外乡人。茶馆少女是棚主的女儿，名叫诹访。父女二人一直在此居住。

诹访十三岁时，父亲在瀑布潭边用圆木和苇帘盖了一间小茶馆，店里摆有弹珠汽水[2]、咸脆饼干、米糖及两三样粗点心。

每年夏日临近，有零星的进山游客时，每天早上父亲就

① “土用”是源自五行的旧历杂节，为一年中的四段不连续的时段，即四立（立春、立夏、立秋、立冬）前的约十八天。

② 以玻璃珠为瓶塞的清凉饮料。

把那些货物装进提篮送去茶馆，诹访赤着脚吧嗒吧嗒地跟在后头。父亲放下东西就回烧炭棚，诹访独自留下看店。只要瞥见游山的人影，诹访就大声招呼人家“歇歇再走吧”。是父亲叫她那样说的。然而，诹访甜美的声音也淹没在瀑布的巨响中，甚至不能让游客回下头。没有一天能卖上五十分钱。

黄昏时分，遍身漆黑的父亲从烧炭棚过来接诹访。

“卖了多少钱？”

“一分钱没卖。”

“是啊，是啊。”

父亲仰头望着瀑布，若无其事地嘟囔道。然后，父女二人再把店内的货物装进提篮，拿回烧炭棚。

这样的日子，一直持续到霜降时节。

留诹访独自在茶馆也不担心。她是生在山里的野孩子，不用担心踩空磐石或坠入深潭。赶上大晴天，诹访就裸身游到瀑布潭跟前。游泳时若是发现了游客模样的人，她便活力十足地拢起红褐色的短发，大喊“歇歇再走吧”。

逢雨天，诹访就在茶馆一隅盖上草席睡午觉。茶馆上方还有大栎树伸出繁茂的枝条，足以挡雨。

亦即是说，以前的诹访是无忧无虑的。她望着轰然坠落的瀑布，时而期待着这么多水落下来总有流干的一天，时而诧异于瀑布为何始终是同一种形状。

不过近来，诹访的认识更深入了。

她发现，瀑布的形状绝非一成不变。无论是迸溅的飞沫，还是瀑布的宽度，都可谓瞬息万变，令人眼花缭乱。而且她终于知晓，瀑布并非水，而是云。她是通过瀑布口腾起的滚滚白雾推测出的，别的且不说，水是不可能变得那么白的。

那一日，诹访伫立在潭畔怔怔出神。天色阴晦，她的红脸蛋暴露在肃肃秋风中，被吹得生疼。

诹访忆起往事。有一次父亲抱着她看守炭窑时给她讲故事，说有一对叫三郎和八郎的樵夫兄弟，弟弟八郎有一天在溪涧里捉到几条樱鳟鱼拿回家，哥哥三郎进山未归，他就先把其中一条烤了吃，一尝滋味鲜美，连吃两三条也停不下来，最后全吃光了。这下嗓子干得受不了，喝光了自家井水，又跑到村头河边喝水。喝着喝着，浑身竟长出密密麻麻的鳞片。待三郎匆匆赶至，八郎已变成一条可怕的大蛇。三郎大喊“八郎呀”，大蛇就在河里流泪呼唤“三郎呀”。哥哥在堤上，弟弟在河里，边哭边叫对方的名字，却终究无可奈何。

诹访听这个故事时，觉得那对兄弟太可怜，小嘴咬住父亲沾满炭灰的手指哭了起来。

自回忆中醒来，诹访频频眨眼，似乎有些疑惑。是瀑布在低声细语：“八郎呀……三郎呀……八郎呀……”

父亲拨开绝壁上的爬山虎红叶走了出来。

“诹访，卖了多少钱？”

诹访不作声。她使劲揉搓被飞沫淋得水亮汪汪的鼻头。父亲默默地收拾小店。

父女二人蹚开山白竹，走在离烧炭棚约半里地的山路上。

“店该关了。”

父亲把提篮从右手换到左手拎着。弹珠汽水瓶相互碰撞，发出干巴巴的声响。

“过了秋土用也没人进山了。”

天快黑了，漫山尽是风声。枹栎和冷杉的枯叶不时如雨雪交加般落在两人身上。

“爹。”诹访从父亲身后叫了一声，“你是为了什么而活？”

父亲惊讶地缩起宽厚的肩膀，再三打量诹访那张神情严肃的脸，小声自语道：“不知道。”

诹访边撕咬手里的芒草叶边说：“还不如死了的好。”

父亲扬起巴掌，想揍女儿，却心烦意乱地放下了手。他老早就已看出诹访情绪躁动，却以为是诹访快要长成大姑娘了的缘故，便隐忍未发。

“是啊，是啊。”

诹访觉得父亲那种听之任之的回答很可笑，便“呸、呸”地吐掉芒草叶，大叫道：“浑蛋！浑蛋！”

三

过了盂兰盆节关了茶馆之后，诹访最讨厌的季节开始了。

从这个时候起，父亲每隔四五天就要背上木炭去山脚下的村庄卖。托人代卖固然亦可，但必须付出十五至二十分钱，太过浪费，所以他宁可亲自去卖，独留诹访在家。

赶上碧空如洗的大晴天，留守的诹访就出门采蕈。父亲烧制的炭，一麻袋能赚五六分钱就不错了，靠这点钱根本无法维生，所以父亲让诹访采蕈，再拿去村里卖。

朴蕈这种滑溜溜的小蘑菇相当值钱，群生在蕨类密布的朽木上。诹访一看见青苔，就会缅怀自己唯一的朋友。她喜欢在装满蕈的篮子上面撒些青苔带回窝棚。

无论炭还是蕈，只要卖了好价钱，父亲回来时定然一身酒气。他偶尔也给诹访买些带小镜子的纸钱包什么的。

一日，山里一大早就秋风肆虐，窝棚的挂帘被风吹得摇荡不定。父亲拂晓时便下山去村里了。

诹访一整天都待在窝棚里。她今天难得把头发绾了起来，并将父亲送的浪花图案的纸发带扎在发根上，然后点起熊熊篝火等父亲回来。有野兽的叫声夹杂在树木的嘈乱声中屡屡传来。

天快黑了，诹访只好独自吃了晚饭。吃的是杂粮饭拌烤黄酱。

到了夜里，大风止歇，寒气逼人。在如此幽静的夜晚，山里定会发生不可思议的事。或可闻天狗[1]伐倒大树的嘎吱声，或在窝棚门口听见有人淘洗赤豆的唰唰声，或从远处清晰地传来山民的笑声。

等父亲等得不耐烦的诹访，盖着草垫子躺在炉畔，于似睡非睡之际，不时悄悄地拨开门帘向外偷看。她认为有山民窥伺，才假装一动不动地熟睡。

借着篝火余烬的光亮，诹访看见有白色的东西纷纷扬扬地飘落在门口土地上。是初雪！诹访如在梦中，喜不自禁。

疼痛。身子沉重得几乎失去知觉，随即听见了那伴着酒气

① 日本民间传说中的妖怪。一般认为，其作山伏（入山修行的修验道修士）打扮，赤面高鼻，生有翅膀，能在空中飞翔。

的呼吸声。

“浑蛋！”

诹访急促地大叫一声，不顾一切地冲了出去。

暴风雪！劈头盖脸打来。诹访不由得瘫坐在地，瞬间衣发皆白。

诹访爬起身，一边喘着粗气，一边闷头前行。衣服被狂风扯得乱七八糟。她就那么一刻不停地走。

瀑布声渐大。诹访加快了脚步。她无数次用手掌抹去清鼻涕。瀑布声几乎就在脚下了。

“爹！”

自冬树间的窄隙传出一声低呼，诹访纵身跃入了深潭。

四

醒过神来，发现四周一片昏暗。瀑布的轰鸣声隐约可闻，感觉是在头顶上方很远处。身子随响声晃动，通体冰冷刺骨。

哈哈，是水底。一晓得自己身处何地，诹访顿时感到痛快淋漓，身心舒畅。

她蓦地伸了伸双腿，居然无声地向前疾冲出去，鼻尖险些撞上岸边的岩角。

大蛇！

她以为自己变成了大蛇。“真高兴啊，再也回不去窝棚了。”她喃喃自语，用力摆动髭须。

其实只是一条小鲫鱼，翕张着嘴耸了耸鼻头上的肉疙瘩而已。

鲫鱼在瀑布潭附近的深水里游来游去，刚刚划动胸鳍浮上水面，马上又猛甩尾鳍潜下水底。

时而追逐水中的小虾，时而躲进岸边的苇丛，时而吸食岩上的青苔，尽情嬉戏。

然后，鲫鱼一动也不动了，只偶尔微摇胸鳍，一时间若有所思。

不久，鲫鱼扭身向瀑布潭直直游去，眨眼间，便像树叶般打着转地被深潭吞噬了。

列车

1925年，梅钵工厂制造的C51型机车，拖着该工厂同期制造的三等客车三节，餐车、二等客车、二等卧铺车各一节，装邮件与行李的货车三节共九节车厢，载着二百多名旅客、逾十万封信件及与之相关的许多令人心痛的故事，每到下午两点半便振动活塞，风雨无阻地从上野奔向青森。它有时被人高呼万岁相送，有时被人挥舞手帕惜别或接受不祥的呜咽饯行。

列车编号是103，仅此一点就令人生厌。自1925年至今已过八年，其间这趟列车不知撕毁了多少万人的爱情。实际上，我就因它受尽折磨。

那是去年冬天汐田送哲小姐返乡时发生的事。

哲小姐和汐田好像是青梅竹马的老乡，而我和汐田也是高中室友的关系，所以时常听他谈及这段恋情。由于哲小姐是穷人家的女儿，家境还算殷实的汐田家不同意二人结婚，汐田为此与父亲多次发生激烈争吵。第一次吵架时，汐田激动得险些晕厥，最后滴滴答答地流了好多鼻血。连如此愚直的小插曲，都令年轻的我心潮异常澎湃。

不久，我和汐田都从高中毕了业，一起考入东京的大学。自那以后已经过去三年。这段时期，在我是艰难的岁月，于汐田却不然，他好像每天都过得很悠闲。我最初租的房子离大学很近，所以入学时汐田来过两三次，但对于环境和思想统统背道而驰的两人来说，从前那种不分彼此的友情已成奢望。也许是我的偏见，当时若非哲小姐来东京，恐怕汐田定是抱了永远离开我的打算。

汐田在与我断交的第三年冬天，突然造访我在郊外的住处，告知哲小姐来了东京。她等不及汐田毕业，只身跑来东京。

我忘不掉，当时我已同一个胸无点墨的乡下女人结婚，正逐渐开始丧失为汐田的恋情而心跳加速的年轻心态，因此对汐田的突然来访颇有些不知所措，但我还是看穿了他的居心。在知己间宣扬那样一位少女为自己离家出走，不知给他的自尊心带去多么大的满足。我对他的得意忘形感到不快，甚至怀疑他对哲小姐的真心。残酷的是，我的怀疑不幸应验了。他向我表现出片刻的狂喜和激动后，便皱起眉头，小声问我如何是好。我一早就对那种无聊的游戏不抱同情，所以直截了当地点明了汐田的心思："你也变聪明了，如果你对哲小姐再不能感受到一如从前的爱，就只能分手。"汐田嘴角含着清晰的微笑，似有顾虑地陷入沉思。

然后过了四五天，我收到汐田的快递信。在那张明信片中，他简单地表示，鉴于朋友们的忠告，并为双方的将来着想，决定让哲小姐坐明天下午两点半的火车回家。他并未托我做什么，我却当即下定决心要去送行。我有容易轻率行事的可悲习性。

第二天从早上就开始下雨。

我催促着颇不情愿的妻子，一起出门前往上野火车站。

那趟103号列车，在冷雨中喷着黑烟等待发车的那一刻。我们边走边仔细查看，逐一搜寻列车的每个车窗。哲小姐坐在紧邻机车的三等车厢里。三四年前我曾在汐田的介绍下同她见过一面，此时再见，却发现她面色变得很是白皙，下巴附近也多了不少肉，胖乎乎的。哲小姐也没忘记我的长相，我一打招呼，她立刻从车窗里探出半个身子开心地回应。我向哲小姐介绍了我的妻子。我特意带妻子来，是因为我武断地认定，由于妻子也和哲小姐一样是穷人家的女儿，所以即便需要安慰哲小姐，妻子肯定也能采取比我和汐田更适当的态度和措辞。然而，结果完全事与愿违。哲小姐和我妻子只是无言地如贵妇人般鞠了鞠躬，互换一礼。我很尴尬，车厢侧壁上用白漆写着“スハフ[①] 134273”，也不知那是什么符号，我就用洋伞柄在

① 代表三等司闸车。

这行小字附近不懈地敲打。

哲小姐和我妻子就天气聊了几句。二人的对话一结束，大家越发闲得无聊。哲小姐把规规矩矩地放在窗沿上的十根圆圆的指头乱动一气，时而弯起，时而伸开，眼睛则始终盯着一处。我实在看不下去，便悄悄地离开那节车厢，在长长的站台上踱步。从列车底下喷出的蒸汽化作白蒙蒙的冷雾，在我脚下爬来爬去。

我在电钟附近驻足，望着列车。列车被雨彻底淋湿，黝黑发亮。

我看见一张铁青的脸，那人正从第三节三等客车的窗子里尽力探出头来，呜咽着向五六个送行的人点头致意。当时日本与某个国家开始了战争，那人大概是被征入伍的士兵吧。我感觉像是看到了不该看的东西，胸口难受得快要窒息。

数年前我曾与某思想团体有些牵连，后来很快找了个不大光彩的借口，与之分道扬镳了。那一刻，我凝视着眼前的士兵，再看看蒙羞受辱被玷污后返乡的哲小姐，不禁觉得当初的借口根本站不住脚。

我仰头看了看头上的电钟。离发车还有约三分钟。我受不了了。或许任谁都是如此吧——对送行的人来说，发车前的这三分钟是最沉默的。该说的话都已说尽，只好漠然相觑。何况眼下这种情形，我连一句该说的话也想不出来，不是吗？假如妻子更有才能，我还可轻松些。可是你看，她一直站在哲小姐身旁，却板着脸，从刚才就一言不发。我毅然朝哲小姐的车窗走去。

快发车了。列车面对四百五十英里的行程早已急不可耐，站台上沸腾了。我已无闲心去体恤别人的境遇，所以安慰哲小姐时竟使用了“灾难”这个不负责任的词。而我那愚钝的妻子，却用她近来刚学会的一点知识，结结巴巴地低声念着车厢外蓝色铁牌上沾满水珠的文字：“FOR A-O-MO-RI。[①]”

---

① 开往青森。

地球图

约翰朴树是传教士约翰·巴蒂斯塔·施劳特的墓碑。穿过天主教徒收容院的后门，右手边就是那棵树。距今约两百年前，施劳特在这所天主教徒收容院的牢中死去，遗体埋在庭院一隅，一位风雅的奉行[①]在那处栽种了一棵朴树。那树深扎根，广展枝，经年长成大树，被称为约翰朴树。

约翰·巴蒂斯塔·施劳特是意大利罗马人，系出名门，自幼受天主之法，从学二十二年，其间师从十六人。三十六岁时，本师克莱门斯十二世命他去日本传教。那一年是公元1700年。

施劳特首先花去三年时间学习了日本的风俗和语言。他学了两本书，一本是插图极多的记载日本风俗的小册子《圣徒生活录》，另一本是将日语单词译成拉丁语单词的《拉葡日对译

① 日本武家时代担当行政事务的武士官名。

辞书》[1]。

经过三年研究有了信心后，施劳特再领师命，和前往北京的托马斯·忒特尔农各乘一艘鲽舟[2]，向东进发，经热那亚，到达加纳利群岛，在此又各换乘一艘法兰西海船，终于抵达吕宋。二人靠岸拴船，登上陆地。托马斯·忒特尔农不久便与施劳特告别前往北京，施劳特独自留下，做种种准备。日本已近在眼前。

吕宋的日裔子孙多达三千人，这在施劳特是一大便利。施劳特将所有货币换成了黄金，因为他听说日本人喜爱黄金。他还做了件日式衣服，是棋盘格图案的浅黄色棉布和服。刀也买了，刃长二尺二寸余。

不久，施劳特离开吕宋前往日本。顷刻间海上风逆浪涌，航行困难，船只三度几乎倾覆。那是离开罗马的第三年。

宝永五年[3]夏末，渔夫们在离大隅国屋久岛二十多里的海面上，发现一艘陌生大船。是日黄昏，该岛南部尾野间村的村民们又在邻近海面上发现一艘挂着许多帆的船拖着一只小舟向东疾驶，便聚在岸边大骂大吵，但随着海面逐渐变暗，帆影消

---

① 或为《日葡辞书》。

② 一种小船。

③ 公元1708年。

失在黑暗中。次日清晨，尾野间西边约十五里的汤泊村的海面上，出现了一艘船，好像正是昨天那艘，扬帆兜满强劲的北风，一路向南疾航而去。

就是那天，屋久岛的恋泊村有个叫藤兵卫的人，正在松下这个地方砍伐用来烧炭的树木时，忽听身后有人说话。他回头一看，只见一位佩刀武士站在林间，周身沐浴着青绿色的日光。是施劳特，他剃了头发，梳成月代①，身穿那件浅黄色和服，腰间挎刀，目光悲伤。

施劳特举起一只手反复向对方招手示意，同时说了两三句从《拉葡日对译辞书》上学会的日语。然而，由于辞书的不完整，那些话听起来十分古怪，使得藤兵卫数次摇头思考。动作比语言更有用。施劳特激烈地反复模仿双手掬水喝的动作，藤兵卫用随身携带的器皿打满水放在草原上，连忙后退。施劳特一口气把水喝光，再次招手示意。藤兵卫惧怕施劳特的刀，不敢靠近。施劳特似乎明白了藤兵卫的心思，很快便连刀带鞘摘下递出，又喊了一句怪话。藤兵卫转身便逃。他意识到，那人定是来自昨天那艘大船。他跑到海边，四下环视，既没看见那艘帆船，也没发现有旁人在，遂跑回村里，托一个叫安兵卫的

① 江户时代日本成年男性的一种发型，剃光从额前到头顶的头发。

人通知全村，说发现了怪人，叫大家赶快过来。

就这样，施劳特刚一踏上日本的土地，就被识破乔装，被岛上的衙役抓了起来。在罗马苦学三年的日本风俗和语言，全都没派上用场。

施劳特被押送至长崎，因疑似传教士而入狱，但长崎的奉行们不知该拿他如何是好，只好让荷兰的通译们问他因何渡海来日本，可施劳特说的话尽管像是日语，许是发音和语调不对，只能听懂"江户""长崎""天主教"等几个词。大约因为荷兰人是叛教者的缘故，施劳特对他们显得格外憎恶，因此奉行们也无法叫荷兰人直接与他对话，很是为难。一位奉行想出一计，让一个胖乎乎的荷兰人躲在法庭后方的隔扇后偷听，尝试如此审问施劳特。其他奉行也认为此计甚妙，满怀期待。于是，奉行和施劳特开始了莫名其妙的问答。施劳特似乎无论如何都想表达想法，好让对方了解自己的使命，为此苦闷不堪。奉行们适时地结束了审问，然后问隔扇后的荷兰人如何。荷兰人回答说，完全听不懂。荷兰人本就不会拉丁语，何况施劳特的话中还夹杂着日语，所以就更难听懂了。

长崎的奉行们终于对审问绝望了，只好将此事上报江户。在江户负责此项调查的人是新井白石。

长崎的奉行们盘诘施劳特失败，是在宝永五年的冬天。很快过了年末，到次年即宝永六年的正月，将军去世，新将军取而代之。因这轰动巨变，施劳特被遗忘了。直到该年十一月初，施劳特才被传唤，从长崎乘轿子经长途颠簸来到江户。旅途中，衙役每天给他吃四个炒栗子、两个柑橘、五个柿饼、两个圆柿子、一个面包，如此日复一日，令他倍感孤寂。

新井白石满心期待着与施劳特的会见，只是担心语言上无法沟通。他觉得，尤其是地名、人名及天主教教义上的术语等，肯定很叫人头疼。白石向江户小日向的天主教徒收容院索来有关异族语言的文献，预先做了功课。

施劳特不久即抵达江户，被关进天主教徒收容院。审讯定于十一月二十二日开始。当时负责天主教事务的奉行是横田备中守和柳泽八郎右卫门二人。白石事先同这些人商量好，当天一大早就去了天主教徒收容院，和奉行们一起检查施劳特带来的法衣、货币、刀及其他物品。又把随施劳特从长崎来此的通译们召到跟前谕示说：

“作为长崎人，假如现在让你们听陆奥[1]的方言，当能听懂十之八九，况且据我查看万国图，意大利距荷兰比长崎距陆

① 日本旧时律令国名之一，位于日本东北部。

奥更近，因此用荷兰语推测意大利语当不至于太难，我亦会用心去听，希望各位尽心推测，再将想法告知于我，猜错了也不怪你们，诸位奉行也不要因通译的误译而治他们的罪。”

众人回答遵命，在审问席列坐。当时的大通译是今村源右卫门，见习通译是品川兵次郎和嘉福喜藏。

那天过午，白石和施劳特见了面。地点在天主教徒收容院，法庭南面是木板檐廊，奉行们在檐廊左近落座，白石坐在稍靠里处。檐廊上，大通译面西跪坐，见习通译面东跪坐。离檐廊约三尺的土间①放着一张矮榻，作为施劳特的座位。很快，施劳特被人用轿子从狱中抬来。漫长的旅途使他的双腿萎软无力，一时成了残废。两个步卒分别从左右帮忙搀着，将他架到榻上。

施劳特的月代发型已经长长。他穿着萨州国守②送的茶色棉袍，却似乎很冷。甫一落座，他就静静地用右手画了个十字。

白石吩咐通译询问施劳特的故乡等情况，自己则用心倾听施劳特的回答。施劳特说的无疑是日语，虽然混杂着畿内、山阴、西南海道的方言，有些地方难以听懂，但比预想的容易理解。在日本牢中度过一年的施劳特，日语变得稍熟练些。将通译与施劳特的问答听了约有一个钟头后，白石也亲自下场，并

① 日本传统房屋近门处不铺地板的空间。

② 萨州是日本旧时律令国名之一，隶属西海道。国守是日本律令制度下的国司长官。

对沟通有了些许自信。白石取出万国图，询问施劳特的故乡所在。施劳特伸长脖子看着那张铺开在檐廊上的地图，不久便说：“这是明人所作之物，全无用处。”说完便放声大笑。地图中央有个形似蔷薇花的大国，上面标着“大明”二字。

这一天，审问就此结束。施劳特似乎想抓住仅有的机会说明天主教的教义，显得非常焦急，但白石不知为却何置若罔闻。

第二天晚上，白石将通译叫到自己家，让他们重温施劳特所说的话。万国图蒙羞令白石耿耿于怀。他听奉行们说，天主教徒收容院有荷兰雕版古地图，遂吩咐众人下次审问时要拿一张让施劳特见识见识，然后便散会了。

隔天的二十五日，白石一大早就赶去公堂。上午十点左右，奉行们也到齐就座。不久，施劳特也被轿子抬了进来。

今天一开始，通译们就把一张荷兰雕版地图铺开在檐廊上，询问施劳特的故乡所在。地图多有破损，遍布虫蛀孔洞。施劳特端详片刻，方赞叹道：“这是七十余年前所作之物，便是如今，在那边的国家也是难得的好地图。”白石也膝行至近前问他罗马何在。

施劳特说：“有齐尔奇努斯吗？”

通译们回答：“没有”。

白石问通译们怎么回事，一名通译告诉他，那东西荷兰语叫帕斯尔，意大利语叫康帕斯。

白石从怀中掏出一个老旧的两脚规说："虽然不知道这是不是康帕斯，但既然是对地图有用的器械，我就在这里找到这个，今天带来了。"

施劳特接过两脚规摆弄了一会儿后表示，这肯定是康帕斯，只是螺丝松了不堪用，但应该比没有强。然后，他查看地图中详细标出应测地方的部分，找来笔抄下那些字，再重新拿起两脚规测出标度。他始终坐在榻上，把手伸向檐廊上的地图，一边循着比详细标示更加繁密的蛛网般的线路寻找，一边用两脚规到处比画，终于停在一处手勉强才能够到的地方说："你们看，就是这里。"说着，他把两脚规插立在那儿。大家凑过头去一看，只见两脚规的尖端扎在一个针孔般的小圆圈里。一名通译读出圆圈旁的外国字：罗马。然后，又问及荷兰和日本等国的位置，施劳特再次如法炮制，一处也没指错。令众人意外的是，日本竟如此狭小，而江户被虫蛀蚀，甚至无法确认所在。

施劳特一边用两脚规在地图上比画来比画去，一边讲述各国的奇闻趣事。产黄金的国家、种烟草的国家、住海鲸的大洋、栖木居穴的天生黑人、长人国、小人国、永夜之国、永昼之国，还有百万大军鏖战正酣的旷野、一百八十艘战船互相炮轰的海峡。施劳特一直讲到日暮时分。

天黑之后，审问也结束了，白石去牢房探视施劳特。宽敞的牢房用厚木板隔成三间屋，施劳特被关在西边那一间。透过幽暗，隐约可见西墙上贴着一个红纸剪成的十字，施劳特正面对十字，低声念诵某种经文。

白石回到家，趁着还没忘记，把今天从施劳特那里学到的记在手册上——

> 大地与海水相合，其形圆如手鞠，天处圆内，犹似鸡子之黄在清中。地球周围九万里，上下四方皆有人居。凡土地分成五大洲。云云。

之后过了十天，到十二月四日，白石再次传唤施劳特，询问他渡海来到日本的缘由，以及欲在日本推广何法。那天一早就下起了雪，施劳特在纷飞的雪中，不胜欣喜，身体颤抖，述说着自己的喜悦："六年前，本师命我出使日本，我遂领命越万里风浪而来，终抵国都。然，今日在本国乃是新年第一天，人皆相贺，能于这一吉日向诸位阐说我法，何其有幸！"然后尽阐宗门种种要旨。

从宙斯创立天国并放置了无量数的奉告祈祷钟，到亚当、夏娃的出生和堕落，以及挪亚方舟与摩西十诫，还有耶稣基督的诞生、受难、复活的始末。施劳特的故事无穷无尽。

白石不时左顾右盼。他从一开始就不感兴趣。他暗自断定：那一切都是佛教的翻版。

白石对施劳特的讯问，以那一天宣告彻底结束。他向将军禀报了关于施劳特的裁断：此异人乃是来自万里之外的外国人，且与之同时有人赴唐①，则唐亦会裁断，故我国之裁断当须谨慎。

白石提出了三个建议：

一是将他遣返回国，此上策也（此事似难实易）。

二是将他一直囚禁，此中策也（此事似易尤难）。

三是将他直接诛杀，此下策也（此事轻而易举）。

将军采纳了中策，其后一直将施劳特囚禁在天主教徒收容院的牢中。然而没过多久，施劳特便因为向收容院的奴婢长助春夫妇授法而备受欺凌。施劳特虽饱受责打，仍日夜呼唤长助春之名，并且高喊：“要坚定信念，至死不渝！”

没过多久，施劳特便死在了狱中。结果与采纳下策并无区别。

---

① 中国的旧称。

猿之岛

远渡重洋抵达这座岛时的我的忧愁，你们想象一下。岛沉睡在浓雾的包裹中，辨不清昼夜。我眨着眼，努力想看清岛的全貌。无数光秃秃的巨岩堆叠成陡坡，到处隐约可见洞窟张开的漆黑大口。这是山吗？连一棵青草也没有。

沿着岩山海岸，我蹒跚而行。不时可闻怪异的叫声，听上去不是很远。狼？还是熊？然而长途疲累，反而令我变得大胆，甚至连这样的咆哮也不在乎，径自在岛上巡行。

岛的单调让我惊讶。不管走到哪里，都是硬邦邦的石头路。右手边是石山，左手边耸立着直上直下的粗花岗岩，当中是脚下的这条路，约六尺宽，坦坦地延伸出去。

走到路尽头吧。从无法言喻的混乱和疲劳中，我获得了无畏的勇气。

走出约莫不到四里地，我又站在了出发点。这才明白，路是环绕着岩山的，我想必是在一条路上打转。我已知道，岛比想象的小。

雾渐消散，山顶就在头上方现出，像要压下来似的。山峰有三座。正中的圆坨坨的山峰，怕是足有三四丈高，由色泽不一的平坦岩石堆叠而成，一侧山坡较为平缓，伸向相邻的小尖峰，另一侧山坡形成险峻的断崖，直滑落至半山腰，然后又鼓起一个个小包，形成广袤的丘陵。从断崖和丘陵之间的峡谷中，流出一条细细的瀑布。瀑布附近的岩石自不用说，整座岛都被浓雾浸染得黝黑而潮湿。看见两棵树。瀑布口有一棵，像是栎树，山丘上还有一棵，很粗，不知是什么树。两棵树均已干枯。

望着这荒凉的景色，我一时愣了神。雾越发稀薄，阳光照上正中的山峰。被雾濡湿了的山峰，熠熠生辉。是朝阳。我能通过气息辨认出是朝阳还是夕阳。如此说来，现在是黎明？

我心里清爽了几分，向山上爬去。这山看似险峻，一爬才发现，步步皆有确实的落脚点，并不如何困难。终于，我爬到了瀑布口。

此处正对朝阳，甚至能感觉到柔风拂面。我走到像是栎树的那棵树旁，坐了下来。这真是栎树吗？还是枹树或冷杉？我仰头一直望到树梢，有五六根细细的枯枝伸向天空，近在手边的那一根，大抵已被摧残得不像样了。上去看看？

暴风雪声
呼唤着我

是风声吗？我开始敏捷地攀爬。

呼唤着
被囚的我

极度疲惫时，能听见各种歌声。我抵达树梢，试着将枯枝摇晃了两三下。

生命之光
呼唤着我

落脚的枯枝啪的一声断了。一不留神，我顺着树干滑落下来。

“断了呢。”

一个声音就在头顶响起，清晰可闻。我扶着树干站起身，目光空洞地寻找声音的所在。啊！战栗在我背上奔跑。只见一只猴子从披着晨曦的金光闪闪的断崖上降临。在我身体里一直沉睡至今的某样东西，骤然大放光芒。

“下来吧。树枝是我弄断的。”

“那是我的树。”

从断崖上下来的他，这样说着朝瀑布口走来。我摆出应敌的架势。他眯起眼，额头上堆出许多褶皱，目不转睛地看着我，很快便露出洁白的牙齿笑了。他的笑令我心烦意乱。

“可笑吗？”

“可笑。”他说，“你是渡海过来的吧。”

“嗯。”我望着自瀑布口滚滚涌出的水浪点了点头，回想起在逼仄的箱子中度过的漫长旅途。

“虽然不知道具体情形，但我猜你是远渡重洋而来。”

“嗯。”我仍点了点头。

“果然，和我一样。”

他嘟囔着，掬起瀑布口的水喝。不知不觉地，我们并肩坐在了一起。

“咱俩是老乡。我一眼就看出来了。咱们老家出来的，都是耳朵发亮。”

他用力捏了捏我的耳朵。我生气地在他那只淘气的右手上挠了一把，然后我俩相视而笑。不知为何，我一下子就轻松了。

突然响起尖锐的叫声，近在身畔。我吃了一惊，扭头看去，只见一群尾粗毛密的猴子正占据丘顶冲着我们啼叫。我不由得站起身。

“算了，算了。他们不是在冲我们叫。那群家伙名叫吼猴，每天早晨都像那样冲着太阳叫。”

我怔怔地站着没动。无论哪座山峰上，都有大群的猴子，圆弓着背，沐浴着晨曦。

“这都是猴子吗？”

我如在梦中。

“是啊。但是，和咱们不一样。故乡不同。”

我把他们挨个端详。有的一边任晨风吹拂一身蓬松的白毛一边喂小猴吃奶，有的将通红的大鼻子向天高歌，有的一边摇动花纹美丽的尾巴一边在阳光中交配，有的皱着眉头忙乱不安地到处踱步。

我悄声问他：“这里是什么地方？”

他目光悲悯地答道：“我也不知道，但看来并非日本。”

“是吗？”我叹了口气，“可这棵树好像是木曾[1]栎啊。”

他回头噗噗地敲了敲枯树干，仰头直望到树梢，说：“不是。树枝的生长方式并不一样，而且树皮对阳光的反射也更弱不是吗？不过，不发芽是区分不出的。”

我站在原地，倚着枯树问道：“为何不发芽呢？”

---

① 地名，位于日本长野。

“从春天就枯了。我来这里时就已枯了。后来，四月、五月、六月，过了三个月，不还是一直枯萎着？看这情形，或许是扦插的树，肯定没有根。那边的树更糟糕，尽是那群家伙的粪便。”

说着，他指向一群吼猴。吼猴已经停止啼叫，岛上竟平静了下来。

“坐吧，咱俩聊聊。”

我紧挨着他坐下。

“这处地方不错吧。整座岛上，数这里最好。既向阳，又有树，还能听到水声。”他满足地俯瞰着脚下的小瀑布，“我出生在日本北方的海峡附近，每到夜里，就能隐约听见哗哗的海浪声。海浪的声音，可真好听，总能令我心潮澎湃。”

他的话使我也想说说自己的故乡。

“比起水声，我更想念树木，因为我是生在日本中部的深山里。绿叶的香气太棒了。”

“你说得没错，大家对树木都很怀念。所以，这座岛上无论是谁，都想坐在有树的地方——哪怕只有一棵也好。”说着，他拨开大腿上的毛，给我看几处深深的、红黑色的伤痕，“为了让这里归我所有，我受了如此大的苦。”

我想离开这里。“我确实不知道。”

“没关系，别介意。我也很孤单，今后这里可以当成咱俩的地盘。不过，别再折断树枝了。”

雾已散尽，天空晴彻，就在我们眼前出现了异样的风景。绿叶，最先映入我的眼帘。我清楚地知道了现下是何季节。在故乡，这正是米槠嫩叶最美的时节。我东张西望，欣赏着这些行道树的绿叶。然而，这种陶醉瞬间就破灭了。我再次惊愕得目瞪口呆。绿叶下铺着一条洒了水的砂石路，颇显清凉，一些白衣碧瞳之人正如流水般徐徐而行。有的女子头上插着光彩夺目的鸟羽，还有个男人缓缓挥动外裹蛇皮的粗杖，向左右行人送上微笑。

他紧抱住我发抖的躯体，以极快的语速低声说道：“别怕，每天都是这样。”

“到底是怎么了，所有人都盯着我们不放。”我紧咬下唇，不禁想起自己被抓来这里之前在山里的悲惨经历。

“有好戏瞧。是我们的拿手好戏。你只管瞧，别出声。还有乐子看呢。”

他匆匆地叮嘱完，一只手仍抱住我的身体，另一只手指着各处的人，悄声讲故事给我听：“那女子叫作人妻，只知道两种活法，不是当丈夫的玩物，就是当丈夫的主宰。也许人类的肚脐就是她那样子。那个可笑的家伙叫作学者，靠着为死去的天才添加扰人的注释、为新生的天才提供多余的规诫来糊口，我一见到他就莫名犯困。那老太婆叫作女优，平日里比舞台上更擅长演戏。哎哟哟，我里面的龋齿又犯疼了。那个胆小鬼叫作地主，总是辩称自己也在劳动，我一看到他那副模样就心烦，仿佛有只虱子沿鼻梁骨在爬似的。还有，坐在那边长椅上的戴白手套的男人，是我最讨厌的，你瞧，那家伙一出现在这里，空中不就已刮起臭不可闻的黄粪龙卷风了吗？”

我心不在焉地听他喋喋不休，目光正凝聚在别的东西上。那是四只灼灼的眼睛，是人类孩子的湛蓝清澈的眼睛。这两个孩子刚才就从沿岛外围筑起的花岗岩墙外勉强探出头来，贪婪地窥看岛内。两个应该都是男孩子，干爽的金色短发在晨风中飘飘舞动。其中一人的鼻子因长满雀斑而显得黑黢黢的，另一人则面若桃花。

没过多久，两人便同时歪着脑袋思考起来。然后，黑鼻子小孩突然噘起嘴，语气强烈地跟伙伴窃窃私语。

我用双手摇晃他的身体，大声喊道：“他们在说什么？快告诉我！那两个孩子在说什么？”

他似乎吓了一跳，突然闭口噤声，开始在我和对面的两个孩子之间反复打量，像在做着比较，嘴里还一直嘟囔，一时间陷入沉思。我从他的困惑中嗅出了非比寻常的气息。直到两个孩子冲着岛内丢下几句莫名其妙的恶毒话语，一齐从石墙上消失不见后，他仍在思索，时而单手扶额，时而搔搔屁股，很是犹豫不决。过了好一会儿，他才在嘴角含着不怀好意的笑，慢吞吞地说道：“他们在胡说八道，说不管什么时候来看都一成不变。”

一成不变。一切都清楚了。我的疑惑完全命中。一成不变。这是批评。我们才是那出好戏。

“原来如此。这么说，你一直都在撒谎。”我恨不得杀了他。

他把缠在我身上的那只手搂得更紧，答道：“因为你太可怜了。”

我用力抱住他宽阔的胸膛。比起对他的可恶的亲切所生出的愤怒，我更受不了对自己的愚蠢所生出的羞惭。

“别哭了，没办法的。”他一边轻拍我的背，一边懒洋洋地呢喃，“那石墙上不是立着一块细长的木牌吗？它只对我们展示背面脏兮兮的红褐色木纹，你知道正面写着什么吗？那是给人类看的，写着‘耳朵发亮的是日本猴’。不，也许写着更过分的侮辱呢。”

我一句也不想听。我从他手中挣脱，飞跃到枯树下，爬上树，紧偎着树梢，环视岛的全貌。日头已高高升起，岛上到处白雾弥漫。百余只猴子在碧空下悠闲地晒着太阳嬉戏。我冲着一动不动地蹲在瀑布口旁的他说道：“大家都不知道吗？”

他看都不看我一眼，从下方答道：“怎么可能知道？知道的恐怕只有你我。”

“为何不逃呢？”

“你打算逃走？”

“是。”

绿叶。砂石路。人流。

“你不怕吗？”

我猛地闭上眼。他说了不该说的话。

呼呼掠过耳畔的风声中，夹杂着低沉的歌声。是他在唱歌吗？两眼发热。刚才使我从树上掉下来的，正是这首歌。我依旧紧闭双眼，侧耳倾听。

“算了，算了。下来吧。这可是个好地方哟。既向阳，又有树，还能听到水声。而且最重要的一点是，不用担心挨饿。”

他的呼唤声仿佛自极远处传来，还有低笑声也是。

啊，这种诱惑近似真实。或许就是真实。我感觉心里有个东西在蠢蠢欲动。可是，可是血，在山里长大的我的愚顽之血，仍在执拗地呐喊：

“——不！”

1896 年 6 月中旬，伦敦博物馆附属动物园的办事处通报了一则日本猴逃脱的消息。逃走的猴子下落不明，而且并非一只，是两只。

麻雀游戏

致井伏鳟二。

以津轻方言。

这个长长的故事，你知道吗？

说是从前山里有一棵七叶树。

说是飞来一只乌鸦落在树巅。

说是这只乌鸦呢，嘎地一叫，就有一颗树果呢，啪地落地。

说是这只乌鸦呢，嘎地又一叫，又有一颗树果呢，啪地落地。

说是这只乌鸦呢，嘎地又一叫，又有一颗树果呢，啪地落地。

……

说是，有一群孩子在旷野上尽情地玩火。春天来临时，冰雪消融，广袤的雪原上，黄色的草地到处冒出嫩绿的新芽，我老家的孩子们就把黄色的旧草点火玩，称之为野火。说是，孩子们分成两组，彼此隔开烧野火。每组五六个人，齐声歌唱。

“麻雀，麻雀，想要麻雀。”

另一组孩子应声唱道：

“想要哪只麻雀？”

于是，要麻雀的那组孩子便凑到一块争执一番。

“要谁好呢？”

“要埴安的阿久怎么样？”

“他是个鼻涕虫，太脏了。”

“阿泷不错。”

“干吗要女孩子？”

“阿泷真的不错。”

“是啊。”

就这样，最终决定要阿泷。

这组孩子唱道：

“要最右边的麻雀。”

阿泷所在的那组孩子则有意刁难，唱道：

“没有翅膀过不去。”

“给她翅膀飞过来。”

这边唱罢，对方再次哀声唱道：

“杉树着火过不去。”

可是，这边无论如何都想要阿泷，于是唱道：

“避开大火飞过来。”

对方只好放出一只麻雀。阿泷成了麻雀，她像展翅一样伸开双臂，口中不停发出吧嗒、吧嗒的振翅声，躲开野火飞了过来。

这就是我老家的游戏。就这样要来一只只麻雀，若是最后剩下一个，那只麻雀就只能唱：

“麻雀，麻雀，想要麻雀。”

不消说，这是个挺讨厌的游戏。最先被要走的麻雀便趾高气扬，最后剩下的麻雀则哭个不停。

阿泷总是最先被要走，阿麿总是最后被剩下。

阿泷是杂货店掌柜的独生女，自幼茁壮成长，从没输给过别人。冬天，不管下多么可怕的大雪，她都不戴棉围巾，任由那红过千成苹果的脸蛋暴露在风雪中，没什么地方是不敢去的。

阿麿是高圆寺方丈的儿子①，体格瘦小，性格软弱，所以大家都瞧不起他。

---

① 日本的和尚可以结婚生子。

从刚才，阿麿就敞开衣服唱道：

“麻雀，麻雀，想要麻雀。麻雀，麻雀，想要麻雀。”

可怜的是，他这已是第二次被剩下了。

“想要哪只麻雀？”

“要中间的麻雀。”

他是想要阿泷。

中间的麻雀阿泷，用恶狠狠的目光越过野火的黄焰瞪着阿麿。

阿麿声音轻快地再次唱道：

“要中间的麻雀。”

阿泷跟小伙伴们嘀嘀咕咕地吩咐了些什么。孩子们听后露出可恶的坏笑，唱道：

“没有翅膀过不去。”

“给她翅膀飞过来。”

“杉树着火过不去。”

“避开大火飞过来。”

阿麿迫切地期待着阿泷啪啪地飞过来。可是，对方悠然唱道：

“河里涨水过不去。”

阿麿歪头思考。唱什么好呢？他想来想去，唱道：

“架起桥梁飞过来。”

阿泷眼中仿佛燃起恐怖的鬼火，自行唱道：

“桥被冲走过不去。”

阿麿又歪头思考起来，却怎么也想不出，最后竟放声大哭，他哭着念道：

“阿弥陀佛。”

所有的孩子都笑了。

“和尚一念经，果然下雨了。”

“可怜的哭鼻虫。”

“西边阴，下雨了。雨一下，雪化了。”

这时，阿泷突然尖声大叫：

“阿麿的爱，是不懂我心只会念佛，笨得可怜。”

然后，阿泷攥了个雪团，丢向阿麿，打在他的右肩上，散成一片白。阿麿吓了一跳，止住哭泣，在冰雪初融的黄色旷野上一溜烟地逃向远方。

快入夜了，原野变得又暗又冷。孩子们各回各家，钻进阿婆的被炉，像往常一样，每晚听同一个故事——

这个长长的故事，你知道吗？

说是从前山里有一棵七叶树。

说是飞来一只乌鸦落在树巅。

说是这只乌鸦呢，嘎地一叫，就有一颗树果呢，啪地落地。

说是这只乌鸦呢，嘎地又一叫，又有一颗树果呢，啪地落地。

说是这只乌鸦呢，嘎地又一叫，又有一颗树果呢，啪地落地。

……

猿面冠者

有个傲岸不逊的男人，无论让他读什么小说，他都只草草地浏览开头两三行，便嗤笑掩卷，仿佛已将小说内情洞见无遗。一位俄国诗人说过："你是何人？果然，只是个效颦者。有些在意，原来是空虚的幽灵。身披哈罗德斗篷的莫斯科人。原来是模仿他人的习惯。是流行语词典吗？哎呀，这不就是所谓谐仿诗的境地吗？"或许迟早到那境地。这男人自觉诗啊小说啊看得太多了些，颇为后悔。据说，这男人纵在思考时也会斟字酌句。他在心里以"他"自称。纵在酩酊大醉失去意识时，倘若遭人殴打，他也会镇定地嘟囔："你可别后悔。"这是梅什金公爵的台词。失恋时会说什么呢？那种时候嘴上什么也不说，只将一句话在心头缭绕："你沉默就喊你，你靠近就逃开。"这不是梅里美那矜持的述怀吗？夜里，从钻进被窝直到入睡，他都被他那未写的杰作的妄想所折磨。那种时候，他会低吼："放开我！"这便是艺术家的祷告。那么，当他一个人无所事事心不在焉时，又将怎样呢？会有一句独白脱口而出：“Nevermore.”

那种像是自文学的渣滓中诞生的男人，倘若写小说，究竟会写出怎样的东西呢？首先能想到的是，那男人大概定是写不出小说的。写一行就得勾掉，不，怕是连一行也写不成。他有个要不得的坏毛病，便是未及提笔甚至即已着手开始所谓“结尾的锤炼”。通常，他在晚上钻进被窝后，时而眨巴眼睛，时而暗自冷笑，时而咳嗽几声，时而嘟囔些莫名其妙的话，直到天快亮时才凑出一则短篇小说，并以之为杰作。然后，他还会把开头的语句换一换，重新推敲结尾的文字，极轻缓地爱抚心中的杰作。倘能就此睡觉倒也罢了，但依过往的经验，据说从不曾那般顺利。接下来，他要尝试对该短篇评论一番：某某如此措辞予以盛赞；某某不懂装懂，单单盯紧一处不放，以彰显自己的慧眼，口称：“这里若是换我来写……”男人开始组织恐怕是对自己的作品最适切的评论。他一旦在心里嘀咕“这作品的唯一污点是……”之类的话，他的杰作就已经消失得无踪无迹。男人仍一边眨巴着眼，一边望着自挡雨门板的缝隙漏进来的明亮光线，神情有些呆滞，不久便昏昏然地打起了盹。

然而，这不是针对问题的正确回答。问题是——写出来了会怎样？将胸脯拍得山响，宣称“就在这里”，倒是显得格外出众，但于听者，不过是性质恶劣的玩笑罢了。更何况，这男人是扁平胸，胸脯生来就是被压扁了的形状，十分丑陋，所以他竭尽全力喊出的“杰作在我胸中”，也成了平凡无奇之语。由此可见，说他一行也写不出来的解答是多么轻而易举。但是，我们要假设他能写出来。为了更好地考虑问题，我们不妨简单地构建一个让他无论如何都必须写小说的具体环境。譬如，这男人在学校考试中屡屡不及格，现在他老家的人都背地里叫他“宝贝”，今年若是不能毕业，他家人在亲戚们面前失了面子，就会中止每月给他的汇款。假如他非但今年不能毕业，而且根本就没打算毕业，则又将如何？为了进一步更好地考虑问题，我们假定这男人现在并非独身，早在四五年前就是有妇之夫。而且他的妻子出身卑贱，因为这场婚姻，他被除叔母之外的所有亲人抛弃，散发出平凡的浪漫气息。就这样好了。那么，处在这般境地的他，为了应对即将到来的自鬻生活，便不得不写小说了。然而，这样安排也很唐突，甚至是粗暴。为了谋生，未必非写小说不可。送牛奶不行吗？不过，要反驳也容易，一句话足矣：骑虎难下。

据说在当今日本，有人正高声鼓吹“文艺复兴”之类的莫名其妙的概念，以每页稿纸五十分钱的稿酬寻找新作家。这男人也觉得机不可失，所以才摊开稿纸，却突然写不出来了。啊，要是再早三天，或许他已被满腔热情刺激得浑身战栗，在梦中运笔如飞，写完十页二十页稿纸了。每一夜，杰作的幻影都会扰动他那单薄的胸膛，可是一旦提笔，又都消失得无影无踪。你沉默就喊你，你靠近就逃开。梅里美除了猫和女人之外，还忘了另一个名词。便是杰作的幻影这个重要的名词！

男人下定了奇怪的决心。他把壁橱翻了个底朝天。据说，壁橱一角积攒着他十年来在忘乎所以的欢喜之下写就的约千页稿子。他依次读了起来，还时而脸红。花了两天，全部读完，又呆怔了一整天。其中一则名为《通信》的短篇留在了脑海里。那是一则二十六页的短篇小说，故事讲的是，每当主人公身处困境，就有人寄来匿名信帮助主人公。男人之所以格外被这则短篇吸引，大概是他觉得，现在的自己就希望收到那样的救急信。他下决心要设法将这则短篇好好改写一番，借此蒙混过关。

首先必须改动的，是主人公的职业。哎呀！主人公是新作家。他想这样改。先是立志当文豪，却失败了，那时收到第一封信。接着是梦想成为革命家，结果又失败了，那时收到第二封信。如今成了工薪族，却对家庭的安乐感到疑惑烦恼，这时收到第三封信。如此预估了故事梗概。应该让主人公尽量远离文学气。如此一来，自立志做革命家以后，连文学的“文”字都不让说。他要把自己处在那般境遇时由衷渴求的信啊明信片啊电报啊，写成是主人公收到的。不愉快地这么写就亏了。别为肤浅感到羞怯，满不在乎地写出来吧。男人突然联想起《赫尔曼与多萝西娅》的故事。男人一边猛力摇头驱赶接连侵袭他的古怪的妄念，一边匆匆坐在稿纸前。他觉得，要是更小、更小的稿纸就好了。他觉得，最好能写得杂乱无章，连自己都不知道写了什么。题目定为“风信”。开头又新添了一段，这样写道：

——诸君讨厌音信吗？诸君站在人生的歧路上哭泣时，却不知从何处随风飘来一封信，翩然落在桌上，为诸君的前途投下一线光明，这样的音信也讨厌吗？他是幸福的。迄今他已三度收到那样令人心跳不已的风信。一次是在十九岁那年元旦，一次是在二十五岁那年早春，最近的一次就在去年冬天。啊！讲述他人的幸福时的这种嫉妒与仁慈交错的不可思议的喜悦，你了解吗？从十九岁那年元旦发生的事讲起吧。

写到这里，男人暂且搁笔。似乎还挺满意。对，照这样写就行。果然，小说这东西光靠脑袋想是没用的，必须动手写了才知道。据说，男人痛切地在心里如此嘟囔着，简直乐坏了。发现了，发现了。小说果然还是得恣意地写，与考试答案不同。好。这篇小说就边唱歌边一点点写吧。今天就写到这里。男人再次静静地重读了一遍，把稿子塞进壁橱，然后开始穿大学的制服。他这些天一直没去上学，尽管如此，每周还是会有一两次穿上制服，慌慌张张地外出。他们夫妇租住在一个职员家二楼的六疊大和四疊半大的两间屋里。男人为了在房东一家面前维持体面，经常穿成这样装作去上学。男人也有像这样在乎面子的世俗的一面。而且，男人似乎在自己的妻子面前也要修饰外表。其证据在于，妻子好像相信他真去上学了。正如事先所假定的，他妻子出身卑贱，由此首先能推测出她没文化。可以认为，男人趁着妻子没文化，做出了种种不忠的勾当。但大体上，他还算是爱老婆的那一类人。之所以这样说，是因为他为了让妻子安心，偶尔会说谎描述光明的未来。

那天，他外出去附近的朋友家造访。这位朋友是独身的西洋画家，据说是他的初中同学，家里很有钱，整日游手好闲。此人习惯与人交谈时频频抖眉，似乎得意扬扬。请想象一下常见类型的男人。他拜访的就是这个朋友。他本就不大喜欢这个朋友。说起来，他也不怎么喜欢另外的两三个朋友，但据说这个朋友尤其有着惹急对方的特殊本领，所以他对此人无论如何也喜欢不起来。而他之所以今天拜访这个朋友，一定是想就近分享他的欢喜。眼下，男人似乎正因幸福的预感，心里暖洋洋的，在那种时候，人似乎总会变得大慈大悲。西洋画家在家。

他与这位西洋画家对面而坐，张口就给对方讲他的小说。他讲了大概的计划，说我想写这样的小说，然后又红着脸低声讲起他刚才写出来的五六行文句，说搞好了也许能很畅销，说开头是这么回事。据说，他总是把自己的文章全部背下来。西洋画家一边照例抖眉，一边期期艾艾地说："写得很好。"只此一句明明足矣，西洋画家却开始接二连三地说起没必要的话来。什么这是虚无主义者对神的揶揄啦，是小人物对英雄的反抗啦，甚至还说了一句令他至今仍觉莫名其妙的话——是观念的几何学构成。对他而言，这个朋友只要说"写得很好，我也想要那样的风信"，他就满足了。应该正是为了忘记评论，他才特意选择了《风信》这类的浪漫题材，却被这位无情的西洋画家予以报纸上的冷知识般的古怪评论，说什么观念的几何学构成，他立刻觉得这很危险。倘若他也张皇失措地被诱入那种评论游戏，《风信》就写不下去了。危险。据说，男人匆匆离开了朋友家。

就这么立刻回家也不方便，他便顺路走向旧书店。一路都在想，要把信尽力写好。第一封信就用明信片吧。是一名少女写的，文句简短，字里行间洋溢着她对主人公的关爱之情。"又不是做坏事，所以我特意用明信片写。"——这样的开头如何？主人公会在元旦那天收到信，所以末尾要用小字添一句："我都忘了，祝您新年快乐。"是不是有点装傻装过头了？

男人走在街上，心神如在梦中，两度险些被车撞到。

第二封信让主人公在参加风靡一时的运动后入狱时收到。一开始就要交代清楚："他自从上了大学，就没能再被小说吸引。"因为主人公早在收到第一封信之前，就因没能当上文豪而尝了苦头。男人已经开始在胸中组装那时的文章了。"成为文豪声名大噪，对于现在的他来说，是黄粱梦里梦黄粱。写小说，纵然写出杰作而被世人传颂，当时的欢天喜地也只是一瞬间的。他不可能对自己的作品有杰作的觉悟。因渴望得到虚幻的一瞬间的狂喜而度过五年、十年的屈辱日子，是他不能理解并接受的。"好像成了演讲的味道。男人自顾自地笑了。"他只是想要一个排遣热情的最直接的渠道。他觉得，比起思考，比起唱歌，默默地苦干实践才是真实的。拿破仑胜过歌德，列宁胜过高尔基。"还是有点文学气。这段文章，文学的"文"字也必须去掉。算了，会好起来的吧。若是想得太多，又会写不出来。总之，这个主人公是想成为铜像。只要抓住这个重点，就写不坏。还有，这是主人公在狱中收到的信，要写得很长很长。我有办法。纵是身处绝境之人，只要读了这封信，就不能不唤起重整旗鼓的豪情壮志。而且，这封信会用女人的笔迹去写。"啊，是'先生'二字这笨拙的潦草写法，令他觉得眼熟。他想起了五年前的贺卡。"

第三封信这样吧，既不用明信片也不写信函，采用完全特殊的风信吧。我写信的本事，已经展示过了，所以这次要来个让人眼前一亮的东西。没能成为铜像的主人公，不久便结成平凡的婚姻，成了工薪族。这部分就完全按照房东的职员生活去写。那是主人公开始对家庭感到倦怠的时候。冬季的周日午后，主人公来到走廊，徐徐喷烟吐雾。这时，真的随风飘来一页信纸，翩然落在他手中。“他的目光盯在信纸上。这是妻子写的信，告知给他家乡的父亲告知所寄苹果已收到。别置之不理，马上寄出去吧。他这样嘟囔着，忽然疑惑地歪头。啊，是‘先生’二字这笨拙的潦草写法，令他觉得眼熟。”想自然地写出这种空想的故事，似乎需要如火的热情，作者本人必须确信这种奇遇的可能性。能否做到，总之试试看吧。男人兴冲冲地走进旧书店。

这家旧书店，应该有《契诃夫书信集》和《奥涅金》，因为这两本书正是男人卖给这家店的，他是现在想重读了才来的。《奥涅金》里有塔蒂亚娜的优美的情书。两本书还未售出。他先从架子上取出《契诃夫书信集》，随便翻了翻，觉得没什么意思。因为书中充斥着剧场啊疾病啊之类的词，这可当不成《风信》的参考文献。这个傲岸不逊的男人又拿起《奥涅金》，寻找情书那一段，很快就找到了，毕竟这原是他的书。“我给您写这封信，还想添些什么进去。”原来如此，这样就行了。

简单明了。然后，塔蒂亚娜毫无顾忌地列出上帝之心、梦、面容、私语、忧愁、虚幻、天使、孑然一身等词语。在结尾处这样写道："就此搁笔。连重读也不敢，羞耻之念和恐惧之情，令我恨不得立刻消失。但我指望着您那高洁无比的心灵，才一厢情愿地将我的命运托付给您。塔蒂亚娜。致奥涅金先生。"我想要这样的信。突然有所察觉，合上了书。危险。会受到影响的。现在读这个有害无益。唉，我好像又不会写了。男人仓皇地往家走。

回到家里，急忙摊开稿纸。以安乐的心情写吧。不在意肤浅或通俗，想轻轻松松地写。尤其是他的旧稿《通信》这则短篇，正如先前所说，是所谓新作家的成名故事，因此直至收到第一封信之前的描写，完全可以照抄旧稿。男人接连抽了两三支烟，颇有自信地捏起了笔，暗暗冷笑起来。这似乎是男人感到相当为难时的惯常举动。他想明白了一个难题，是关于文章的。旧稿的文章是在情绪极度激动之下所作，无论如何都须重写。以这样的状态，他人和自己都享受不到快乐。首先，就不体面。尽管很麻烦，还是重写吧。虚荣心强的男人这样想着，极不情愿地开始重写。

年轻时，谁都经历过一次这样的傍晚。那天黄昏，他在街头徘徊，突然目睹了惊人的现实。他发现街上的行人个个都是他的熟人。临近腊月的雪街很热闹，他不得不边走边对匆匆往来于街上的人们轻轻点头致意。比如在某个胡同拐角，意外地遇见一群女学生时他甚至连帽子都摘了下来。

他那时在北方某城下町①的高中学习英语和德语。他擅长英语的自由作文。入学不到一个月，他就凭自由作文令班上的同学们大吃一惊。入学伊始，一位名叫布鲁尔的英国教师命学生就“What is Real Happiness？”一题写出自己的信念。上课之初，布鲁尔老师以“My Fairyland”为题讲了一个十分新颖的故事，第二周又针对“The Real Cause of War”宣讲了一个钟头，令老实巴交的学生战栗不安，稍有进步思想的学生则欣喜若狂。文部省雇用这样的教师是一桩功绩。布鲁尔老师很像契诃夫，戴着夹鼻眼镜，短短的络腮胡子颇显腼腆，总是眯眼微笑着。有人说他是英国军官，也有人说他是著名诗人，虽然长相显老，但据说那时才二十多岁，还有人说他是军事间谍。如此神秘莫测的氛围，使布鲁尔老师益发迷人。所有新生都暗暗祈祷，希望获得这个英俊的异国人的喜爱。布鲁尔老师在第三周的课上，默默地在黑板上潦草写下的文字便是：“What is Real Happiness？”这些出类拔萃的高才生们，个个都是家乡的骄傲，如今初次上阵，他们尽展浑身解数，以期辉煌的胜

---

① 城下町是以领主居城为中心形成的日本都市形态。

果。他也静静地吹去格纸上的灰尘，然后不慌不忙地走笔书写："Shakespeare said." 果然还是觉得太夸张了。红着脸慢慢擦掉了。前后左右传来细微的走笔声。他手托着腮陷入沉思。他对开头很讲究。他相信，无论什么样的大作，开头一行即已决定整个作品的命运。一旦写出一行好的开头，他就会像写完全篇一样变得呆头呆脑。他把笔尖浸在墨水瓶里，稍作思考，然后猛然运笔如飞："Zenzọ Kasai，one of the most unfortunate Japanese novelists at present，said——" 葛西善藏那时还活着，没现在这么有名。

一周过去，又到了布鲁尔老师上课的时间。相互间尚未完全成为朋友的新生们，各自坐在教室里的课桌前，一边抽着烟等待布鲁尔老师，一边透过缭绕的烟雾互相投以充满敌意的目光。似因畏寒而缩着细瘦肩膀的布鲁尔老师一走进教室，便露出苦涩的微笑，用奇怪的口音嘟囔着一个日本人的姓名。是他的名字。他有些疑惑地缓缓起立，满脸通红。

布鲁尔老师没看他，自顾自地说道："Most Excellent！" 布鲁尔老师一边在讲台上踱来踱去，一边低着头继续问道，"Is this essay absolutely original？"

他又扬眉答道："Of course." 班上的学生们突然怪叫起来。

布鲁尔老师那苍白而宽大的额头唰的一下红了，朝他看了一眼，又马上垂下目光，右手轻按夹鼻眼镜，一字一顿清晰明了地说道：“If it is，then it shows great promise and not only this，but shows some brain behind it.”

他在作文中坚决主张，真正的幸福，是从外界得不来的，只有自己成为英雄或是受难者的这种思想准备，才是接近真正幸福的关键。他在开头写下其同乡前辈葛西善藏的暗示性的述怀，一面详述细说，一面展开文章。他从未见过葛西善藏，也不知道葛西善藏曾透露那样的述怀，但他认为，即便是谎言，既然被他编造出来，葛西善藏应该也会原谅他的。因为那件事，他集全班宠爱于一身。年轻的群体对于英雄的出现是敏感的。后来，布鲁尔老师又接连尝试给学生出好的课题。“Fact and Truth. The Ainu. A Walk in the Hills in Spring. Are We of Today Really Civilised？”他竭尽全力施展浑身解数，然后总是得到相当丰厚的回报。年轻时的名誉心是贪得无厌的。

那年暑假，他肩负着一个前途光明者的荣耀使命回到了故乡。他的故乡在本州北端的山里，他家是当地有名的地主。父亲明明是个无与伦比的老好人，却刻意装作心肠狠辣的性格，连他这个独子也常遭父亲故意刁难。不管他犯什么错，父亲都冷笑着原谅他，然后一边扭过脸去，一边自言自语：“那么大个人了，从不干机灵事。”然后像个精明人一样，突然转而说起全不相干的话题。他从很早以前就讨厌父亲，不知为何就是觉得讨厌。也是因为他从小尽做些不机灵的事。母亲敬他，甚至到了自甘窝囊的程度，相信他总有一天会出人头地。他作为高中生初次返乡时，母亲惊讶于其性格变得乖戾，但她把这归咎于高等教育。回到故乡的他，并未偷懒。他从仓库里找出父亲那本老旧的人名词典，调查了世界文豪的简历。拜伦十八岁就出版了处女诗集，席勒也是十八岁首次执笔创作出《强盗》，但丁是九岁构思出《新生》腹稿的。他也是。从上小学时文章就备受称赞，如今连知识渊博的外国人也认可了颇有头脑的他，又把桌椅搬到家中前院的大栗子树下，奋笔创作起长篇小说来。他的这种举止很自然。对此，诸君不可谓猜不到。题目定为“鹤”，是关于一个天才从诞生到悲剧末路的长篇小说。他喜欢像这样用自己的作品预言自己的命运。开头费了很大劲，这样写道：有个男人，在他四岁时，一只野性的鹤在他心里盘踞下来。鹤傲慢得堪称狂妄。云云。暑假结束，到了十月中旬，在一个雨雪交加的夜晚终于完稿。他立刻拿去了印刷厂。父亲按他的要求，一声不吭地寄来两百元钱。他收到那封挂号信时，依旧憎恨父亲的居心不良。要责骂就责骂好了，却宽宏大量似的默默寄钱过来，这可不合他的心意。十二月底，《鹤》成了菊半截[1]开本的百余页的精美书籍，在他桌上摞得老高。封面是一只形似大雕的鸟展翅翱翔，几乎占满了整页。

① 书籍开本的一种，是菊版的一半大，略大于 A6 开本。

首先，向该县的几家主要报社各赠送了一本签名书，仿佛一朝醒来，我已名闻天下。他觉得每一刻都如百年千年般漫长。他走去街上的所有书店，每一家都分发了五本十本。还贴传单。传单上印满“快读《鹤》！快读《鹤》！”这等激烈的语句，年轻的天才将这四寸半见方的传单和装满糨糊的水桶一起用双手抱着，跑遍了街头的每个角落。

正因此，他从第二天就和镇上的人结识了，这应该也是不足为奇的。

他越发从容地在街上闲逛，边走边和所有人以目致意。倘不凑巧，对方未曾留意，没能接受到他的目光，或是当他发现自己昨晚拼命贴在电线杆上的传单被人无情地揭掉时，他更是会夸张地哭丧着脸。不久，他走进镇上最大的书店，问小伙计《鹤》好不好卖。小伙计冷淡地回答说，一本都还没卖出去。小伙计似乎不知道他正是作者。他毫不气馁，若无其事地丢下一句预言说，我想这就会畅销的，然后便离开了书店。那晚，他一边重复着终究变得有些麻烦的注目礼，一边回到了学校的宿舍。

在开始如此辉煌的人生的第一夜，“鹤”就已然受辱。

他去宿舍的食堂吃晚饭，一只脚刚踏进门，就听到住宿生们齐声发出异样的呼喊。《鹤》肯定已成为他们餐桌上的话题。他谦恭地低头垂眸，在食堂一隅的椅子上落座，然后轻咳一声，捧起盘里的炸肉排。挨坐在他右侧的住宿生递过来一份晚报。好像是经五六个住宿生之手依次传过来的。他一边慢慢地嚼着炸肉排，一边将呆滞的目光转向那份晚报。"鹤"这一字射入他的眼中。啊！第一次看到对自己的处女作的评论，这如被刺痛般的惴栗。尽管如此，他并没有慌慌张张地拿起晚报，而是一边用刀叉切割炸肉排，一边镇定地快速浏览评论。评论被安排在版面左边的一处小角落里。

这篇小说是彻头彻尾的唯心之作，没描写任何一个有血有肉的人物，一切都是透过毛玻璃看见的扭曲人影，尤其是主人公那狂妄自大的奇言怪行，完全像是缺了很多页的百科辞典。这篇小说的主人公，头一晚还把克莱斯特当作唯一的老师，转天就装成歌德，似乎拥有全世界所有文豪的精髓，对其少年时代见过一面的少女爱慕得要死，青年时代与她再度相逢，却嫌恶得想吐。这些无一不是抄的拜伦，且是幼稚拙劣的直译。首先，作者对于歌德也好克莱斯特也好，似乎只是在形式概念上稍有了解而已，怕是连《浮士德》的一页或《彭忒西勒亚》的一幕也没读过。得罪了。尤其是小说结尾，描写了毛被拔光的鹤呼啦呼啦地拍打翅膀的声音。或许，作者企图凭借这段描写，给读者留下完美的印象，令读者感受到杰作的炫惑，然而我们只是别过脸去，不看这畸形的鹤的丑态。

他把炸肉排切得稀碎。心里越是努力想要保持镇定，手上的动作就越发失控。“完美的印象”“杰作的炫惑”戳中痛处了。该放声大笑吗？唉。在仍旧垂首的那十分钟里，他老了十岁之多。

究竟是何人提出这无情的忠告，他现在还不清楚，但他以这屈辱为楔子，开始遭遇种种不幸。其他报社对《鹤》也尽是差评，朋友们也如舆论一般怠慢他，以“鹤”这一鸟名来称呼他。年轻的群体对于英雄的垮台也是敏感的。书只卖出了简直羞于启齿的区区几本。街上的行人，本就是毫不相干的陌生人。他每晚都在街头巷尾兜一圈，偷偷地揭去传单。

尽管长篇小说《鹤》以与其故事内容相同的悲剧而告终，但盘踞在他心里的那只野性之鹤，依然鲜活地展开翅膀，不忘感叹艺术的难解，抱怨生活的倦怠，在荒凉的现实中落拓地懊恼呻吟。

不久，进入寒假，性格越发乖戾的他回到了故乡。连趋向眉间的皱纹，看起来和他都很相配。母亲仍坚信是高等教育的错，每每望着他出神，父亲则以伪装出来的狠辣态度迎接他。善人之间，似乎总是相互憎恨。他透过父亲的无言冷笑，感受到了那份报纸的读者。父亲一定也读过了。得知至多不过十行二十行的评论铅字居然流毒到了这等穷乡僻壤，他恨不能让自己的身体变成岩石或母牛。

在这种情况下，假如他收到下面这样的风信，会怎样呢？不久，在故乡送走十八岁迎来十九岁的元旦那天，他睁眼醒来，目光忽然定在枕畔放着的约十张贺年片上。其中一张连寄信人名字也没写的，是明信片。

> ——又不是做坏事，所以我特意用明信片写。我想又该到您垂头丧气的时候了。您稍受挫折就立刻心灰意冷，我对此是不大喜欢的。我认为，最肮脏者莫过于男人丧失骄傲的那副模样。但是，请您千万别虐待自己。您怀有对抗丑恶的心和寻求有情世界的心。即使您不说，远方的某人也一定知道。您只是有点软弱。我觉得，对于软弱而正直的人，大家必须保护并珍惜。您毫无名气，也没有任何头衔，但我前天读了二十来个希腊神话，发现一个愉快的故事。很久很久以前，世界的陆地尚未凝固，海洋不流动，空气不透明，一切杂糅成混沌时，每天早晨太阳却依旧升起。于是一天早上，朱诺的侍女彩虹女神爱丽丝就嘲笑说：“太阳殿下，太阳殿下，您每天早上这般辛苦，

下界却分明没有一棵草、一眼泉敬仰供奉您。”

太阳答道:“可我是太阳。因为是太阳所以要升起。谁能看就看好了。我既不是学者又不是别的什么。”

只写这些就考虑了很久，打了无数次草稿。为了让您知道，有人正在祈祷您新年做的第一个梦将无比美好，看的第一个日出将格外灿烂，愿您能对生活更有自信，才如此拼命地写了下来。把这种事冒失地写给男人知道，我觉得太轻浮，很不好。但是，我没写任何羞耻的事。我故意没写我的名字。我想，您很快定会忘了我的。忘了也没关系。

哎呀，我都忘了，祝您新年快乐。

书于元旦

(风信至此并未结束)

您欺骗了我。您答应让我写第二、第三封风信，结果却只让我写了满满的相当于两张明信片的可笑贺年片来诉苦，看来您是想我死。您是不是又照例开始了深远的吟味？我从一开始就知道会变成这样，但我为了您也为了我，还是一直都在祈祷，说不定灵感什么的一闪现，岂不就能充分地利用好我？果然还是不行啊。许是因为还年轻吧。不，什么也别说。据说败军之将不言勇。听人说,《赫尔曼与多萝西娅》《野鸭》《暴风雨》，均为作者晚年所著。看来要写出给人以休憩和光明的作品，仅靠才能是行不通的。倘若，在今后的十年二十年里，您仍以炬火自居，用尽一切手段在这可憎的世间活下来，然后还不忘再叫上我，那我将是多么高兴啊！我一定来，一定。说定了哦。再见。哎呀，您是打算撕毁这封信吗？请别这么做。像您这种被文学毒害的、谐仿诗般的男人，如果写了小说，先不妨装作毫不知情地把这些统统添加进去，说不定，世人竟会为您杀我而喝彩叫好呢。您那踉跄的身姿，想必会大受欢迎，而拜您所赐，我的指尖还有双脚，再过不到三秒钟就会迅速变冷。我真的没生气，因为您不是坏人。不，没有理由。突然就喜欢上了。啊啊啊！我问你，幸福是从外界得来的吗？

再见，小少爷。要成为更坏的人呀。

男人将目光落在刚开始写的稿纸上，沉思片刻后，将题目命名为“猿面冠者”。他觉得，那是一个恰当到无以复加的最合适的墓碑。

逆行

蝴　蝶

他不是老人，刚过二十五岁。但他确是个老人。普通人的一年年，老人花足了三倍的力气去过。两度自杀未果，其中一次是殉情；三次被关进拘留所，以思想罪人的身份；写了百余篇小说，无一出名。然而，老人的这些所作所为，没一个是动真格的，可以说全是信手为之。至今仍令老人那干瘪的胸膛怦怦作响，使其消瘦的脸颊遽然泛红的，有两桩事，一是酩酊大醉，二是望着不同的女人贪得无厌地想入非非。不，是那两桩回忆。干瘪的胸膛和消瘦的脸颊都是真的。老人是在这一天死去的。在老人漫长的一生中，真实不虚的，只有生来和死去这两桩事。他直到临死仍在说谎。

老人现下卧病在床。是嫖妓染的病。老人拥有可保生活无忧的财产，但不足以到处寻花问柳。老人并不觉得现在死去是件憾事。勉勉强强地生活，是老人无法理解的。

一般人到了临终之际，会目不转睛地盯着自己的双掌，或是目光呆滞地仰望近亲的眼睛。而这个老人，大部分时间都闭着眼。他时而用力闭紧双眼，时而缓缓睁开，微微眨动眼睑，只是安详地做着那样的事。他说能看见蝴蝶。青蝴蝶、黑蝴蝶、白蝴蝶、黄蝴蝶、紫蝴蝶、浅蓝色的蝴蝶，说是有成千上万只蝴蝶聚在他额前飞来飞去。他是故意那么说的。百万蝴蝶形成绵延数十里的彩霞，振翅声犹如正午里牛虻的呻吟。这大概是在交战吧。碎翼、断腿、眼珠、触角、长舌，如雨点般掉落。

人家问他想吃什么尽管说，他回答想吃赤豆粥。老人十八岁那年第一次写小说时，就曾描写一个临终老人念叨着想喝赤豆粥的场景。

赤豆粥做好了。就是把煮熟的赤豆撒在粥上，用盐调了调味。这是老人家乡的佳肴。他依旧闭目仰卧，抿了两匙，便说：“行了。”人家问他还要什么，他干笑着说想嫖妓。老人的那个胸无点墨但是善良聪明、年轻貌美的妻子，当着坐成一排的亲人的面涨红了脸——不是因为嫉妒，然后握着匙子吞声痛哭。

盗　贼

今年肯定不及格。即便如此，考试还是得参加的。无谓的努力之美，令我为之倾心。今天我特意起了个大早，时隔一整年再次穿上学生服，战战兢兢地钻进了菊花徽章闪闪发光的高大铁门。一进门就是银杏行道树。右侧有十棵，左侧也有十棵，都是大树。树叶繁茂时，这条路就仿佛变成一条幽暗的地道，眼下则是片叶皆无。林荫路尽头，是一座正面饰以红砖的大建筑物。这是礼堂，我只在开学典礼时入内看过一次，里面给人的印象类似寺院。此刻，我仰望着礼堂钟塔的电钟。离考试还有十五分钟。我一边向侦探小说之父的铜像投以仁慈的目光，一边漫步走下右手边的坡道，来到庭院。这是以前某个大名的庭院，池塘里养着鲤鱼、绯鲤和甲鱼。直到五六年前，还有一对白鹤在此嬉戏。便是现在，草丛里仍有蛇出没。大雁、野鸭等候鸟，也在此处休憩。庭园实际上不足二百坪大，看起来却有千坪之广。这是出色的造园术的功劳。我坐在池畔的山白竹上，背靠着老栎树的树桩，两腿放在地上，直直伸向前方。隔着小径，对面排列着大小参差的岩石，宽阔的池塘就从岩石后头铺展开来。阴晦的天空下，池面白光粼粼，害羞似的叠起层层涟漪。我把右脚轻轻地搭在左脚上，自言自语道：

“我是盗贼。”

大学生们正排成一列，如流水般源源不断地通过前方的小径。他们个个都是家乡的骄傲，是出类拔萃的高才生。大学生一律读着笔记本上的同一篇文章，都在努力背诵。我从口袋里掏出香烟，甩出一支叼在嘴里，却发现没带火柴。

“借个火。”

我挑了个美男子大学生打招呼。那名裹着淡绿色外套的大学生停住脚步，视线不离眼前的笔记本，把叼在口中的金嘴香烟给了我，然后径直缓步离去。大学里也有可以与我匹敌的男人。我用那支外国金嘴香烟点燃自己的廉价烟，徐徐起身，把金嘴香烟用力摔在地上，恨恨地用鞋底狠狠践踏。然后，我神清气爽地出现在考场。

考场里，百余名大学生恨不得全缩在最后几排。他们担心坐在前面不能随心所欲地答题。我拿出高才生应有的姿态，坐在了最前排，指尖微颤地抽着烟。我既没有可在桌下查找答案的笔记本，也没有一个能小声商量的朋友。

不久，一个红脸膛的教授提着鼓鼓囊囊的皮包，匆匆跑进考场。他是日本首屈一指的法国文学专家。我今天是第一次见到这个男人。此人体格相当壮实，我从他眉间的皱纹不由得感到一种威慑。据说在他的弟子当中，有日本第一诗人和日本第一评论家。我偷偷想到日本第一小说家，不禁脸颊发烫。趁教授在黑板上草草写下考试题目时，我身后的大学生们说起了悄悄话，但他们聊的并非学问。黑板上写着五六行法语。教授懒散地坐在讲台上的扶手椅里，很不高兴似的发话道：

“这么简单的题目，想不及格都不可能。”

大学生们有气无力地低声笑着。我也笑了。然后，教授嘟囔了两三句莫名其妙的法语，便开始在讲台的桌上写起什么来。

我不懂法语。不管教授出什么题目，我都打算写福楼拜是个公子哥儿。我假装沉思了片刻，其间时而轻轻闭眼，时而掸落短发上的头屑，时而打量指甲的色泽。不久，我提笔开始写——

“福楼拜是个公子哥儿，他的徒弟莫泊桑倒是成年人。艺术之美，归根结底是服务于市民的美。如此悲哀的屈服，福楼拜不懂而莫泊桑懂。福楼拜的处女作《圣安东尼的诱惑》曾遭到恶评，他为一雪此辱，白白断送了自己的一生。经受所谓剐磔般的痛苦，每写完一篇作品，无论舆论如何，其耻辱的伤口都越发剧烈地呻吟、疼痛，他心中无法填满的空洞也越来越大、越来越深，直至死去。被杰作的幻影所欺骗，为永恒的美所迷惑、振奋，最终非但救不了一个亲人，连自己也无法拯救。波德莱尔才是公子哥儿。完。”

我没写“老师，请让我及格”之类的话。反复读了两遍，没发现错处，我便左手拿上外套和帽子，右手拿起那张答卷，站了起来。我身后的高才生，因我的起立而惊慌失措。实则我的后背，正是他的防风林。啊，那个像兔子一样可爱的高才生的答卷上，写着一个新晋作家的名字。我为这个有名的新晋作家的气急败坏感到怜悯，向那位老气横秋的教授意味深长地鞠了一躬，便交了卷。我静静地离去，但一走出考场，就连滚带爬地冲下了台阶。

来到室外，年轻的盗贼悲从中来。这忧愁是怎么回事？自何处来？尽管不解，我还是端起外套下的肩膀，大步流星地走在被银杏树夹于当中的宽阔的砂石路上，同时告诉自己是肚子饿了的缘故。二十九号教室地下有间大食堂，我一路朝那里走去。

空腹的大学生们，从地下室的大食堂里溢了出来，自入口处开始排队。队伍宛如一条长蛇，直蜿蜒到地面上，尾巴甚至伸到银杏行道树旁，整条队伍长达百米。在这里，花十五分钱就能吃上一顿相当不错的午餐。

“我是盗贼，乃绝代凶人。过去艺术家不杀人，过去艺术家不偷盗。我，是毫无价值的小聪明的同伙。”

我一个接一个地拱开那些大学生，好不容易挤到食堂门口。入口处有一张小贴纸，上面写着：

> 请允许我们宣布，今天，大家的食堂迎来了创业满三周年的日子。也是意在为此庆祝，我们准备了少量免费菜品款待诸位，任君品尝。

那些免费菜品，摆放在入口旁的玻璃柜中。红色的对虾在香芹叶下休憩，对半切开的煮鸡蛋的断面上，用蓝琼脂颇为时髦地草书出一个“寿”字。我朝食堂里窥了一眼，只见在接受款待的大学生们组成的又黑又密的林间，挂着白围裙的少女服务员们往来穿梭，翩翩飞舞。啊，天花板上挂着万国旗。

在大学地下散发芳香的青花，是羞涩的解毒药。巧逢吉日哉。同贺，同贺。

盗贼如落叶般簌簌退却，飞到地面，缩身躲入蛇尾，转眼消失无踪。

决　斗

那并非模仿外国，不夸张地说，是因为我发愿要杀死对方。但动机并不深奥。有个和我一模一样的男人，我俩并未出于“这世上有了我便不需要你”的心理而相互憎恨，他又是我妻子以前的男友，但他从不曾像个自然主义者般，将那两三次交往的事实到处向邻居们宣扬。对方是我那晚在酒馆初次偶遇的一个身穿狗皮坎肩的年轻庄稼汉。我偷了他的酒。那就是动机。

我是北方某城下町的高中生，喜欢游玩，但花钱比较吝啬。平时总抽朋友的烟，也不理发，忍耐着攒够五元钱，便独自偷偷上街花得一分不剩。每晚花钱既不能多过五元，也不能少于五元。而且，我似乎总能用五元钱收获最大的效果。我攒够一枚枚硬币后，首先就是拿这些零钱跟朋友换来一张五元纸币。若是能割伤手的崭新钞票，我就更激动了。我会装作满不在乎地把钱塞进口袋，然后上街。正是为了这每月一两次的外出，我才仍然活着。当时，我正被莫名的忧愁折磨，感受到绝对的孤独，并且怀疑一切。居然说出口了，真卑鄙！比起尼采、拜伦、春夫①，我觉得莫泊桑、梅里美、鸥外②更显得货真价实。我倾注生命去花五元钱玩。

我即使去酒馆，也从不表现得精神焕发，总是装出玩累了的样子。若是夏天，就要冰啤，若是冬天，就要烫酒。我想让别人以为，我酗酒也只是季节的错。我嫌恶似的一口吞下杯中酒，对美丽的女招待不屑一顾。不论哪家酒馆，都少不了一个缺乏性感只剩性欲的中年女招待，我只跟那样的女招待搭话，主要是聊当天的天气和物价。我擅长以神不知鬼不觉的速度瞬间算出空酒瓶的数目。一旦桌上有了六个啤酒瓶，或十只清酒酒壶，我便心血来潮般地骤然起身，低声咕哝“结账”。酒钱从未超过五元。我会故意把手伸进各个口袋里摸寻。我是成心忘了钱放在哪里。最后好不容易找到了装钱的裤袋，右手会留在口袋里犹豫一阵子，做出在五六张钞票中挑选的姿态。终于，我从口袋里抽出一张纸币，确认是十元还是五元后，递给女招待，口称“零钱不多，不用找了”，满不在乎地全给对方，

① 佐藤春夫（1892—1964），日本诗人、小说家、评论家。
② 森鸥外（1862—1922），日本小说家、评论家、翻译家。

然后缩起肩膀，大步走出酒馆，直至回到学校的宿舍，一路从不回头。从次日起，我又开始攒硬币。

决斗那晚，我披着藏青色的长斗篷，戴着雪白的皮手套，去了一家名叫“向日葵”的酒馆。我从不连续两次去同一家酒馆，怕拿出五元大钞定会惹人怀疑。造访向日葵，对我来说已然时隔两月之久。

当时有个说不出哪里同我很像的异国青年，作为电影演员开始发迹，因此我也渐渐引来女人的注目。我在酒馆角落里的椅子上一坐下，全部四名女招待就穿着各色和服在我桌前站成一排。因为是冬天，我要了烫酒，然后真像畏寒似的缩了缩脖子。同电影演员的相似，令我直接获益，不用我开口，早有一名年轻女招待递上一支烟。

向日葵又小又脏。东墙上贴着一张海报，是个脸有一尺宽二尺长的束发女人，慵懒地托着腮，露出核桃大的牙齿微笑着。海报底端印着一行黑字——加富登麦酒。对面西墙上挂着一面约一坪大的镜子，镶在泥金镜框里。北面入口处挂着一条脏兮兮的红黑条纹细布门帘，上方墙上用图钉固定着一张照片，是个赤身裸体躺在池沼边的草原上大笑的西洋女郎。南墙上粘着一个纸气球，就挨着我的头顶，别扭得叫人恼火。有三张桌子和十把椅子，中央放着火炉，土间是用木板隔开的。我知道这家酒馆是怎样也做不到调和的，还好电灯很暗，算是万幸。

当晚，我受到了异常热情的款待。当我喝光了中年女招待斟上的第一壶热腾腾的清酒时，先前给我递烟的年轻女招待，突然对准我的鼻尖伸出右掌。我不惊不慌，慢慢抬起头，窥向对方的小小眼眸的深处。我顿时就明白了，她是让我给她算命。我即使一言不发，身体也会散发出先知般的高贵气息。我没碰她的手，只瞥了一眼，便轻声说道："你昨天失去了恋人。"一语中的。于是，异常热情的款待开始了，一名肥胖的女招待甚至叫我"大师"。我给所有人看了手相。

"你今年十九岁。"

"你属虎。"

"你正在苦恋一个绝世好男人。"

"你喜欢玫瑰花。"

"你家的狗下了六个崽。"

无一失算。

那个身材瘦削、目光炯炯的中年女招待，听我说出她失去了两任丈夫后，眼看着脑袋就耷拉下去了。这次不可思议的算中，是最令我兴奋的。已经喝空了六只酒壶。这时，一个穿狗皮坎肩的年轻庄稼汉出现在门口。

庄稼汉在我的邻桌坐下，把蒙着花斑狗皮的后背对着我，要了威士忌。他的出现，使我这桌的热闹冷了场。我开始痛悔自己已喝空六只酒壶。我是想喝到一醉方休的，好让今宵的欢喜变得更加、更加夸张。只能再喝四壶了。那可不够醉的，不够。偷吧，偷庄稼汉的威士忌。女招待们大概会以为我偷酒不是没钱，而是先知开的一个古怪离奇却又理所当然的玩笑，反而会送上喝彩吧。庄稼汉应该也会当成醉汉的恶作剧而苦笑一下便作罢的。

偷!

我伸出手，拿起邻桌的威士忌酒杯，镇定地一口气喝光。

无人喝彩，一片安静。

庄稼汉转过来站起身，说了声“出来”，便迈步向门口走去。我冷笑着也随后跟上。经过那面金框镜子时，我飞快地向其中瞥了一眼。我，是个温和的美男子。一张一尺宽二尺长的笑脸没入镜子深处。我内心恢复了平静，自信十足地一把撩开门帘。

我们在写着黄色拉丁字母“THE HIMAWARI”①的四角檐灯下止步。四名女招待从昏暗的门口露出四张白脸。

我们开始了如下的争论——

“你别欺人太甚！”

“我没欺负你，是跟你闹着玩的，这有什么！”

“俺是个庄稼汉。跟俺闹着玩，俺会生气！”

---

① 即向日葵。

我重新打量这个庄稼汉：小脑袋，短平头，淡眉，单眼皮三白眼，皮肤黝黑，个子比我足足矮了四寸半。我打算继续说笑蒙混到底。

“我馋威士忌了，看样子很好喝。”

“俺也馋威士忌，正因为舍不得，才放在那儿没喝。”

“你真直率，很可爱。”

“别那么狂妄。你顶多不就是个学生吗？脸上还抹粉！”

“那我也是个卜者，是先知哟。吓一跳吧？”

“别装醉了，给俺下跪道歉！”

“要想理解我，最需要的是勇气——这话说得真好。我是弗里德里希·尼采。”

我迫切地盼着女招待们过来劝阻，可她们都若无其事地等着看我挨揍。很快我就挨了揍。一记右勾拳从侧面飞来，我迅速缩脖。飞出五丈多远——我的白线帽替我挨了这一拳。我微笑着，故意慢吞吞地走过去捡帽子。由于连续多日雨雪交加，道路十分泥泞。我蹲下身，一拾起沾满泥土的帽子，就想溜之大吉。可以省下五元钱，能去别处再喝一顿。我跑出两三步，就一跤滑倒，跌了个四脚朝天，那模样大概很像一只被踩扁了的青蛙。如此丢人现眼，令我有些恼羞成怒。手套、上衣、裤子，还有斗篷，都沾满了泥巴。我缓缓起身，扬起头，走回庄稼汉面前。庄稼汉被女招待们围住护了起来，这使我确信没一个人站在我这边。那唤醒了我的凶暴。

“来而不往非礼也！”

说完，我冷笑着脱下手套一把丢开，连更昂贵的斗篷也甩在泥里弃之不顾。我对自己那古意盎然的台词和做派略感满意。快来人劝架呀！

庄稼汉缓缓脱掉狗皮坎肩，交给那个曾为我递烟的漂亮女招待，然后将一只手伸进怀里。

“不准用卑鄙手段！”我摆好架势警告道。

怀里现出一支银笛，在檐灯下闪闪发亮。银笛被交给了那名失去两任丈夫的中年女招待。

庄稼汉的这一举动，令我如痴如醉。我想在现实里而非小说中杀死他。

“看招！”

一声大吼，我抬起泥鞋奋力踢向庄稼汉的迎面骨。踢倒，然后挖出那双清澈的三白眼。可惜徒然踢了个空。我注意到自己笨拙难看的样子，很伤心。一只微温的拳头，击中我脸上从左眼到大鼻子的那部分。我看见，自己眼中喷出了通红的火焰。我装作打了个趔趄。一巴掌打在从右耳到脸颊的那部分。我双手撑在泥里，猛然一口咬住庄稼汉的一条腿。腿很硬，原来是路旁的白杨树桩。我趴在泥里，急切地打算趁机放声大哭不止，但可悲的是，一滴眼泪也没流出来。

黑 鬼

黑鬼关在笼子里。笼中约有一坪见方，在最靠内的漆黑角落里，放着一个原木凳子，黑鬼正坐在凳子上刺绣。这么黑能绣什么？少年似精明的绅士般，鼻翼两侧堆起深深的褶皱，咧嘴冷笑。

日本马戏团带来了一只黑鬼。举村轰动。据说黑鬼吃人，长着通红的角，浑身布满花斑。少年根本不信。少年心想，村民们也并非信以为真才散布那种谣言的，肯定是因为平时过着没有梦想的生活，所以才趁机乱编故事，自欺欺人地为之陶醉。少年一听到那显而易见的谎言，就咬牙切齿地捂住耳朵，飞奔回家。他觉得村民们的传言实在荒谬可笑。为何这些人不谈更重要的事情呢？据说黑鬼是母的。

马戏团的乐队在狭窄的村道上缓步前进，不出一分钟就宣传遍了全村的每个角落。原来，只有三户茅草屋立在这条路的两侧。乐队走到村头也不停步，一边反复奏着《萤火虫之光》这支曲子，一边在油菜花田间徐徐而行，然后来到正在插秧的庄稼地，排成一列沿着细窄的田埂前进，把村民们一个不落地取悦一遍后，过桥穿林，行至近四里外的邻村。

村东头有一所小学，学校再往东是个牧场。牧场约百坪大，遍地是白车轴草，有两头牛和六只猪正在嬉耍。马戏团在牧场上搭起一座鼠灰色帐篷，牛和猪则转移到了牧场主的仓库里。

到了晚上，村民们蒙着脸，三五成群地走进帐篷。有六七十位观众。少年在大人中连挤带拱，终于挤到最前排，将下巴搭在圆形舞台周围的粗绳索上，便一动不动了，时而轻轻闭上眼，装作陶醉的模样。

惊险的杂技曲目正在进行。木桶、毛衣、鞭子声，还有金线织锦、瘦弱的老马、迟钝的喝彩、电石。二十来盏煤气灯以参差不齐的间隔在帐篷里到处乱挂着，夜里的昆虫纷纷飞到灯前戏耍。大概是帐篷的布料不够，篷顶敞开着一个十坪左右的大洞，从中可以望见星空。

关黑鬼的笼子被两个男人推上舞台。笼底似乎装有轮子，是发出哗啦哗啦的声音滑上舞台的。蒙着脸的观众们拍手狂吼。少年懒洋洋地扬起眉毛，开始静静地观察笼中情景。

少年收起了脸上的冷笑。绣的是太阳旗。少年的心脏发出微弱的扑通扑通声，开始呐喊。并不是因为军队或其他类似军队的概念，而是因为黑鬼没骗少年。是真的在刺绣。太阳旗很简单，摸着黑也能绣。真难得，这黑鬼很正直。

不久，一个身穿燕尾服、留着八字胡的女伶向观众宣告了她的大致来历，然后姿态潇洒地挥动右手里的鞭子，冲笼子叫了两声："凯丽！凯丽！"鞭子声似尖刀扎进少年的胸膛，他对女伶感到嫉妒。

黑鬼站了起来，在鞭子声的恫吓下，慢吞吞地表演了两三个动作。尽是些下流的动作。除了少年，其他观众都没看出来。对他们来说，只有黑鬼吃不吃人、长没长通红的角之类的事才算要紧。

黑鬼只在腰间缠着一条灯芯草编成的短蓑衣，身上好像胡乱涂了油，到处都很闪亮。最后，黑鬼唱了一段歌，伴奏是女伶的鞭子声。歌词很简单，只是反复唱着"加庞"[1]这一个词。少年很喜欢那歌声。不管使用多么笨拙的语言，只要其中包含着苦闷的心灵，就定能发出动人的响声。这样想着，少年又猛地闭上了眼。

当晚，少年想着黑鬼自渎了。

---

① 即日本。

次日一早，少年去上学。他跨过教室的窗户，跃过后门的小河，朝着马戏团的帐篷跑去，从帐篷的缝隙窥视微暗的内部。马戏团的人在舞台上铺满被褥，像毛毛虫一样睡得正香。学校的钟声敲响了。开始上课了，少年却没动。因为黑鬼没睡在里面，怎么找也找不到。学校那边变得静悄悄，是已经开始上课了吧。

“第二课，亚历山大大帝与医生菲利普。从前在欧洲有一位叫亚历山大大帝的英雄……”少女的琅琅书声清晰可闻。少年还是没动。他相信，那黑鬼是个普通的女人，平时肯定出笼跟大家一起玩，洗衣刷碗，抽烟，用日语骂人。就是那样的女人。

少女的朗读结束了，又响起老师那沙哑的声音：“我认为信赖是一种美德。同学们，据说亚历山大大帝正是因为具备这种美德，才保住了一命。”少年依然不动。没道理不在这里，笼子肯定空了。少年肩膀紧绷，心想，我这样偷看，黑鬼会趁机悄悄来到身后，紧紧抱住我的肩膀。因此，少年连背后也不敢疏忽，越发缩起紧绷着的肩膀，摆出适合被抱住的姿势。黑鬼肯定会把她绣的太阳旗送给我，到时我就毫不示弱地说：“我是第几个？”

黑鬼始终没出现。少年离开帐篷，用衣袖擦去窄额上的汗水，慢吞吞地走回学校。

“我发烧了，说是肺出了毛病。”少年巧妙地骗过了那位身穿和服裤裙、脚蹬高腰皮靴的上了岁数的男老师。回到自己的座位后，少年又故意装作不停咳嗽。

据村民们讲，黑鬼仍被关在笼子里，装进带篷马车离开了村子。那个女伶为了防身，口袋里藏着一把手枪。

他非昔日他

我教你这样生活吧。想知道就到我家的晒台来，在那儿悄悄地告诉你。

你不觉得我家的晒台景致很好吗？郊外的空气清湛吧？人烟也稀少。当心，你脚下的木板好像快腐烂了。可以再过来一点儿。是春风！如此轻捷地掠过，拂得耳朵发痒，是南风的特征。

放眼望去，你不觉得郊外房子的屋顶是参差不齐的吗？你一定曾在银座或新宿的百货商店的楼顶花园，凭栏托腮，茫然俯瞰街头巷尾的无数屋顶。那些屋顶，皆以同样的大小、同样的形状、同样的颜色，互相拥挤着覆盖、堆叠，末了将顶端沉没在被霉菌和车尘染成浅红色的浑浊烟霭里。想到那无数屋顶下的无数千篇一律的生活，你免不了闭目长叹。如你所见，郊外的这些屋顶与之不同。每一个屋顶，岂非都在慢条斯理地彰示其存在的理由？那一根温和地将青烟随风送往北方的细长烟囱，是浴池“桃之汤”的。烟囱正下方的西式红屋脊，是一位著名将军的府第，每晚都会从中传出谣曲[1]的音调。红屋顶下有一条米槠林荫道蜿蜒南伸，尽头是一堵暗淡的白墙。那里是当铺的仓库，当铺由三十岁冒头的娇小伶俐的女掌柜经营着。这人纵在路上遇到我，也会装作没看见。她是心存顾虑，怕打招呼会影响对方的名誉。仓库后可见五六棵树，枝叶婆娑犹如鸟翼骨架，那是棕榈。树木荫蔽下的低矮的铅皮屋顶，是泥瓦匠家。泥瓦匠现下正在坐牢。他粗暴地杀了妻子，因为妻子伤害了他每天早上的骄傲。泥瓦匠有个奢侈的爱好，就是每天早晨要喝半合[2]牛奶，可是那天早上，妻子不小心打碎了牛奶瓶，还不自觉有何过失，泥瓦匠无明火起，怨恨难抑，致使妻子当场丧命，自己被关进大牢。他那十来岁大的儿子，前些天常在站前的小卖部买报纸看，是我亲眼所见。但我想教你的，可不是这种凡庸的生活。

到这边来。这东面的景致更胜一筹，人烟也更稀少。那一小片黑树林，挡住了我们的视野。那是杉树林，林中有一座供奉五谷神的神社。林边豁然开朗处，是油菜花田，再往这边来，可见一块半亩大的空地，一只上书绿色“龙”字的纸鸢正悄然升空。看那纸鸢垂下的长尾就好。自尾端向下竖直画一条

---

① 日本古典剧种能剧的戏本。

② 十合为一升。

线，不是正好落在空地的东北角吗？你已在盯着那里的水井了。不，你是在盯着那个用唧筒汲取井水的年轻女子。这样也好，从一开始我就想让你看见那个女子。

她系着一条雪白的围裙，是有夫之妇。打完水，她把水桶提在右手，蹒跚而行。她会走进哪所房子呢？空地东侧群生着二三十株粗毛竹。你瞧着吧，那女人会钻过毛竹林，然后突然消失。你看，我说的没错吧？人不见了。但是不必担心，我知道她的去向。毛竹后面不是有什么东西隐约发红吗？那里有两株红梅，肯定开始打骨朵了。在那片淡红的云霞下，可见一道日式黑屋脊，就是那个屋顶。刚才那女人，还有她的丈夫，就在那屋顶下起居。平平无奇的屋顶下，上演着我想让你了解的生活。坐这儿吧——

那房子原是我的，有三间屋，各是三疊、四疊半和六疊大。布局很好，采光也不错，带个十三坪大的后院，除了那两株红梅，还有一株相当大的百日红和五株钝叶杜鹃。去年夏天，我在门厅旁栽了一棵南天竹，所以房租是十八元。我不认为太贵。本想要二十四五元，因离车站稍远才作罢。我不认为太贵。尽管如此，房租却积欠了一年。本该全用作我的零花钱，只因积欠，这一年来我在各种交际中都感到脸上无光。

房子租给现在这个男人，是在去年三月，后院的钝叶杜鹃终于要发芽的时候。在此之前，是一个曾为著名游泳运动员的银行职员和他年轻的妻子住在这里。银行职员性格懦弱，不喝酒，不抽烟，唯独有些好色，为此夫妻俩经常吵架，但从不拖欠房租，所以我对他难置微词。银行职员前后大约租住了三年，后来被降职调去了名古屋的分店。今年寄来的贺年卡上，除了他们夫妻二人的名字外，还写着一个女孩的名字——百合。银行职员之前的租客，是个三十来岁的啤酒公司的技师，同母亲、妹妹三人一起生活，一家人都寡言少语。技师不大讲究穿着，总是一身蓝色工作服，像个好市民。他的母亲一头白发剪得短平，颇有气质。他的妹妹二十来岁，身材瘦小，爱穿箭翎图案的平纹绢绸。那样的家庭，可以说是颇矜持的吧。他们大约住了半年，就搬去了品川那边，后来的情况我就不清楚了。正是那阵子，我颇有不满，但现在一想，无论是那个技师，还是游泳运动员，都是好租客，我这个房东也算运气不错。可是，因为现在的第三家租客，我亏大了。

此刻，在那个屋顶下，那家男人肯定正躺在被窝里，抽着希望牌香烟吞云吐雾呢。没错，他抽的是希望牌。那人不是没钱，却赖着房租。从一开始就靠不住。那天黄昏，他来到我家，自称木下，呆立在门厅的三合土上，以一种很微妙的胡搅蛮缠般的亲昵语气，说自己是教书法的，想让我把房子租给他。他是个身材瘦削、个头极矮的细长脸青年，穿着一件崭新的久留米碎白花布夹袄，从肩头到袖口的折痕笔挺。确实看起来是个青年，后来我才知道，据说他已经四十二岁了，比我整整大十岁。说起来，他的嘴边和眼角有许多松弛的皱纹，倒也不像是青年，但我觉得四十二岁应该是骗人的。不，那种程度的谎言，在他可谓毫不稀奇。从当初来我家时，就已在撒弥天大谎了。对于他的请求，我的回答是“只要你中意”。我以前对租客的身份从不过于深究，觉得那样做很没礼貌。关于押金，他是这样说的：

“押金是两个月的房租？这样啊。不是，不好意思，那我就交五十元吧。反正拿在我们手里也会花光，嗯，就当是把钱存在您那儿好了。呵呵。明天一早我就搬来，押金待登门拜访时顺便奉上，可否？”

就是这么个情况。我能说不行吗？何况我的理念是别人说什么我信什么，倘若被骗，那是对方不好。我回答说：“没关系，明后天拿来都行。”男人露出讨好似的微笑，恭敬地鞠了一躬，便静静地回去了。他留下的名片上没有住址，只印着“木下青扇”四个字，名字右上角用钢笔添了脏兮兮的一行字——自由天才流书法教授。我不禁失笑。次日早上，青扇夫妇用卡车分两次运送许多家庭用具搬了过来，但五十元的押金终究成了空口白话。怎么可能交呢？

搬来的当天下午，青扇携妻子来我家登门问候。他穿着黄毛线衫，郑重其事地扎着绑腿，脚踩一双像是女式的涂漆木屐。我一走出门厅，他就说道："啊，终于搬完了。我这身打扮很奇怪吧？"

然后，他像窥探我的反应般咧嘴笑了。我有点难为情，但仍敷衍着回答"累坏了吧"，同时报以微笑。

"那是我女人，请多关照。"

青扇夸张地冲那个静静站在后方的略显魁梧的女人努了努下巴。我和她互相鞠了一躬。那位夫人身穿已然泛绿的麻叶图案平纹绢绸蓝夹袄，以及也像是平纹绢绸的朱色扎染短褂。我朝她柔和的宽下巴脸瞥了一眼，不由得吃了一惊。尽管我并不认得那张脸，内心却被狠狠地戳了一下。她的脸白得像褪了色，一只眉毛高高上挑，显得毅然决然，另一只则很平静，眼睛看上去有些细。见她轻咬着薄削的下唇，起初我以为她在生气，但很快就知道并非如此。那位夫人鞠了一躬后，像瞒着青扇似的，将一个大型礼金袋悄悄放在门厅的台阶板上，以低弱但坚决的口吻说道："一点心意。"然后又缓缓地鞠了一躬。鞠躬时依然扬着一只眉毛，咬着下唇。我想，这大概是她平时的习惯吧。青扇夫妇就这么走了，我呆怔了半晌，然后便感到怒上心头。既有押金的原因，而最让我受不了的是胸中的烦躁，总觉得自己被骗了。我蹲在台阶板上，捏起那个大得夸张的礼金袋，往里一瞧，是一张荞麦面馆的五元餐券。一时间，我摸不着头脑。送张五元餐券，真是荒唐。突然间，我疑心大起，有种不祥的预感：难道他们不打算交押金了？若是那样，这东西得马上扔回去才行。我胸中漾起难以忍受的恶心，把礼金袋揣在怀里，像要撵上青扇夫妇似的出了家门。

青扇和他夫人都还未回到他们的新居。我想，夫妻俩大概是在回来的路上拐去买东西了。见他们大意地任门厅大敞四开着，便大摇大摆地进了屋。我想在这里埋伏他们。倘在平时，我也不会生出如此粗暴的想法，似乎都怪怀里的五元餐券，我才有些失常。穿过门厅三叠大的房间，我走进六叠大的客厅。这对夫妇似乎对搬家很熟练，已将用具大致收拾妥当，壁龛里摆了一个素陶花盆，开着两三朵浅红色的木瓜花，临时装裱的挂轴上写着“北斗七星”四个字。非但字句可笑，字体更是滑稽，像拿糨糊刷子写的，笔画粗得离谱，而且洇得一塌糊涂。虽然没有落款，但我一眼就断定是青扇写的。亦即是说，这便是自由天才流吧。我走进后面四叠半大的房间。衣柜和镜台整齐地摆放在固定的位置，镜台靠着的墙上挂着一张脖颈纤细、双腿巨大的裸女素描画，镶在圆玻璃框里。这应该是木下夫人的房间。一个还挺新的桑木长火盆和一个与之配套的蛮漂亮的桑木茶具柜，并排摆放在墙边。长火盆上吊着一只铁壶，盆里烧着火。我先在火盆旁坐下抽起了烟。甫迁新居，自然伤感。我能想象到夫妻俩关于那幅画的讨论，以及针对这火盆位置的争执，不出所料地感受到了面对新生活时的积极振奋的热情。只抽了一支烟，我就站起身。到五月给他们换成新榻榻米吧。我边想边走出门厅，来到户外，又经门厅旁的柴扉绕到庭院里，坐在六疊大的客厅外的檐廊上等待青扇夫妇。

当院中的百日红树干开始被夕阳染红时，青扇夫妇终于回来了。果然像是去购物了，青扇肩上扛着一把扫帚，他夫人吃力地用右手提着一只装满各种货物的水桶。他们是从柴扉进来的，所以立刻就认出了我，却并不怎么吃惊。

“原来是房东先生，欢迎欢迎。”

青扇依然扛着扫帚，微笑着轻轻欠身致意。

“欢迎光临。”

木下夫人照例扬着眉毛，尽管如此，似乎还是比先前放松了些，微露皓齿，笑着寒暄。

我感到为难，心想押金的事今天就不提了，只拿荞麦餐券的事说说他们。然而，这也失败了。我反倒跟青扇握了手，而且更窝囊的是，我们还为彼此高呼万岁。

我应青扇的邀请，从檐廊上到客厅。我与青扇对面而坐，只顾着考虑该如何开口。当我喝下一口木下夫人沏的茶时，青扇悄然起身，从隔壁房间取来将棋盘。“您是知道的，我擅长将棋。咱们不妨下一盘。”还没跟客人多聊两句，就不声不响地拿出棋盘，这是对将棋颇为自负之人的惯常做法。既然如此，就先叫他吃一惊吧。我也微笑着，默默地摆好棋子。青扇的棋风很不可思议，落子极快，我若是被带入他的节奏下快棋，不知不觉间就会被吃掉王将。他便是这种所谓“奇袭”的棋风。输了好几盘之后，我似乎渐渐变得狂热起来。房间里有点昏暗，我们便来到檐廊上继续下。最终，我以六比十告负，但无论是我还是青扇，都累得筋疲力尽。

青扇在较量时一言不发，盘腿端坐，下完棋才把身子歪倒。

“不分伯仲呀！”他一边把棋子收进盒里，一边认真地嘟囔道，“您躺下歇歇吧。太累了。”

我道了声失礼，把腿伸直。后脑勺隐隐作痛。青扇也把棋盘挪到一旁，横卧在檐廊上，久久地托腮望着开始被暮色包围的庭院。

“嘿，是阳气！”他低声叫道，“真是不可思议。您看，现在这个时节，居然有阳气生发。”

我也匍匐在檐廊上，迎着光亮观察院中湿润的黑土上方。突然我意识到，重要的事还没说呢。又是下将棋又是找阳气，自己真是老糊涂了。我连忙重新坐起身。

“木下先生，这东西真叫我为难呀。”说着，我从怀里掏出那个礼金袋，“我不能收。”

青扇不知为何似乎很是震惊，脸色一变站了起来。我也早有准备。

“一点小意思，不值一提。”

木下夫人来到檐廊，窥察我的脸色。房间里，电灯亮着暧昧的光。

“是啊，是啊。”青扇语气急促，一边频频点头赞同，一边皱起眉头，像在遥望什么东西似的，“那么，咱们先吃饭吧，吃完饭再慢慢谈。”

我原本是不想再让他们请我吃饭的，却又想着好歹得把礼金袋这件事解决，便跟着木下夫人进到屋里。这下可糟了。我居然喝上酒了。被木下夫人劝进第一杯酒时，我就感到不妙，但随着第二杯、第三杯酒下肚，我却渐渐地平静了下来。

起初我是想揶揄一下青扇的自由天才流，便回过头去看壁龛里的挂轴，问道：“这就是自由天才流吗？”青扇因醉酒而略微泛红的眼眶变得越发通红，苦笑起来。

“自由天才流？啊，那是骗人的。我听说最近要是没个职业，根本租不到房子，所以就用那个蒙混一下。您可不能生气哟！”说完，他又像噎住似的笑了片刻，“这是在旧货店发现的。我惊讶于世上竟有如此戏谑胡闹的书法家，便用三十分钱还是多少钱买了下来。只有‘北斗七星’这四个字，也看不出任何含义，所以我很中意。我喜欢稀奇古怪的东西。”

我觉得青扇肯定是个相当傲慢的人。越是傲慢的人，似乎越想使自己的爱好与众不同。

“不好意思，您说您没工作？”

我又在意起五元餐券来。我认定其中必有圈套。

“是的。”他衔着酒杯，仍在嬉皮笑脸，“但您不用担心。”

“不。”我尽量努力摆出疏远的态度，“我把话说清楚，最让我在意的就是这张五元餐券。”

“确实，”木下夫人为我斟了一杯酒，用胖乎乎的小手正了正领口，然后微笑着说，“是木下不对。他在言语上对您不敬，说什么这次的房东看起来既年轻又善良，于是逼我弄来了那张可笑的餐券。”

“原来如此。”我不由得笑了，“是这么回事啊。我也吓了一跳，还以为是押金的……”说漏嘴了，我连忙噤声。

“原来如此。”青扇模仿着我的语气，“我明白了。明天就取钱奉上，今天银行休息。”

听他这么一说，我才想起今天是周日。无缘无故地，我俩齐声捧腹大笑。

我从学生时代就喜欢“天才”这个词。读了隆布罗索和叔本华的“天才论”，我曾悄悄地到处寻找符合天才标准的人，却怎么也找不到。读高中时，学校里有个教历史的年轻光头教授，听说他能记住全校所有学生的姓名及各自毕业的初中，我曾关注这会不会是一个天才，可他讲课却很散漫。后来我才知道，能记住学生的姓名及各自毕业的初中，是这教授唯一的骄傲，据说为了记住那些，他受尽了苦难，甚而至于骨肉、内脏俱濒残废的地步。此刻，我与青扇对坐交谈，发现他无论是骨架、头型、瞳色，还是说话的腔调，都与龙勃罗梭和叔本华所规定的天才的特征极为相似。确实，当时我就是这么想的。苍白瘦削，短躯猪首[①]，带台词的鼻音。

酒劲儿上来时，我问青扇："您刚才说您没工作，那么有没有在搞什么研究呢？"

"研究？"青扇像个淘气的孩子一样缩起脖子，大眼珠子骨碌一转，"研究什么？我讨厌研究。不就是添加牵强附会又自以为是的注释吗？不喜欢。我要创造。"

"创造什么？搞发明吗？"

青扇吃吃地笑了。他脱掉黄毛线衫，只穿一件衬衫。

"这才有意思了。没错，就是发明，是无线电灯的发明。世界上一根电线杆都没了，该是多么清爽痛快的事啊！我跟你讲，首先，武打电影的外景拍摄能帮大忙。我是个演员呀！"

木下夫人两眼眯得细蒙蒙，茫然仰视着青扇那张油光四射的脸。

"他不行了，喝醉了。老是像这样胡说八道，真叫人头疼。您别介意。"

---

① "猪首"指脖子粗短。

“哪里胡说八道了？闭嘴！房东先生，我真是个发明家。我的发明是教人如何出名。看吧，您这不就把身子探过来了？就是这个。现在的年轻人，都得了出名病，是有些自暴自弃且卑躬屈膝的出名病。你，不，您，就当飞行家。环游世界一周的最快纪录如何？怀着死的决心，闭眼一直往西飞。睁开眼时，就成了万众之巅、地球宠儿。只需熬过三天。如何？没心劲啊，真是个没出息的家伙。哈哈哈，不，我失礼了。不然就去犯罪。怎么？会顺利的。只要自己坚定，就算不了什么。杀人也好，偷东西也好，只要不是较大规模的犯罪就行。没关系，怎么可能被抓到呢？时效一过，就光明正大地自报家门。您会很吃香的。不过，比起飞机上的三天，这需要忍耐十来年，所以不太适合你们现代人。好吧，那就教您一个适合您的简单方法。对于你这种好色之徒、无胆鼠辈、薄志弱行的家伙，最合适的法子就是传出丑闻。嗯，至少能先在这镇上出名。你和别人的老婆私奔吧，如何？”

我无所谓。青扇醉酒时的脸，倒是让我觉得很美。这样的脸可不常见。我突然想起了普希金。总觉得这张脸在哪儿见过，的确正是在卖明信片的店前见过的普希金的脸，就是那个光润的眉毛上方刻着无数条疲老的、深深的皱纹的普希金的遗容。

我似也醉得厉害，终于掏出怀中餐券，喊荞麦面馆送酒过来，然后继续喝。与人初识时的那种近似偷情的心跳，使我俩精神亢奋，我们似乎都感受到了彼此想凭着愚蠢的高谈阔论，让对方再多、再多了解自己的那种急不可耐。我们表现出许多虚伪的感动，无数次推杯换盏。醒过神来，发现木下夫人已经不见了。大概是睡下了吧。我想，得回去了。临走时，我俩还握了握手。

“我喜欢你。”我如此说道。

“我也喜欢你。”青扇好像也是如此回应的。

“好。万岁！”

“万岁！”

好像就是这么个情况。我有一喝醉就喊万岁的坏习惯。

酒不是个好东西。不，大概还是因为我太容易得意忘形。就这样，我们开始了拖沓而可笑的交往。烂醉如泥后的次日一整天，我都浑浑噩噩的，像被狐狸迷住了一样。青扇无论如何都不普通。我也到了这把年纪，依然独身，每日游手好闲，因此被亲戚视为怪胎，遭到鄙视，但我的头脑始终是合乎常识的、可以妥协的，奉行通常的道德生活至今。可以说，我甚至是健康的。相比之下，总觉得青扇是超出常规的，不是吗？他看起来断然不是个好市民。我作为青扇的房东，也觉得在彻底认清他的真面目之前离他稍远一些，在各方面都比较方便，因此在后来的四五天里，我都没去找他，只当不认识。

可是，在青扇搬来一周左右的时候，我又遇见了他。是在浴池里。我一踏进冲洗间，就听见有人大声叫我。过午的浴池里再无别人，只有青扇独自泡在里面。我慌了神，在温水龙头前蹲下，把肥皂在手掌上擦出无数泡沫，可见是相当慌张的。我忽然发觉自己的失态，却仍故意慢慢地拧开水龙头放出温水，洗去手上的泡沫，然后泡进浴池。

“那晚多谢了。”我果然还是感到很难为情。

“不客气。”青扇装作一本正经，“您看，这是木曾川的上游。”

我顺着青扇的目光看去，才明白他说的是浴池上方的漆画。

“漆画更好看，比起真正的木曾川来。不，应该说因为是漆画所以更好看吧。”他一边说，一边回头冲我微笑。

“是啊。”我也微笑。我不明白他这话的意思。

“这也太辛苦了。真是一幅有良心的画。画这幅画的油漆匠，绝不会来这里洗澡。”

“应该会来吧。一边欣赏自己画的画，一边静静地泡个热水澡，也不赖吧。”

我这番话似乎招致青扇的鄙视，他不置可否，只将自己的双手手背整齐地并在一起，盯着十个指甲瞧。

青扇先出了浴室。我一边泡澡，一边漫不经心地望着更衣间里的青扇。他今天穿了一件鼠灰色的茧绸夹袄。他照镜子的时间之久真叫人吃惊。很快，我也从浴室里出来了，青扇静静地坐在更衣间一角的椅子上，边抽烟边等我。我觉得有些压抑。我俩一起走出浴池，途中他嘀咕道：

“没见到对方脱光的样子就不能放松警惕。不，我指的是男人之间。”

当日，我顺应青扇的邀请，再次造访他家。途中，我和青扇分开，先顺路回家把头发稍作整理，然后按照约定，立刻出发去了青扇家。青扇却不在，只有他夫人一人在家，正在夕阳下的檐廊上看晚报。我打开门厅旁的柴扉，穿过小院，立在廊前，问道：“青扇不在吗？”

“嗯。”木下夫人头也不抬地答道。她用力咬着下唇，显得很不高兴。

“还没从浴池回来吗？”

“没。”

“咦？他和我一块儿洗的澡，邀我过来玩。”

“他这人说话靠不住。”木下夫人害羞似的笑了笑，将晚报翻过一页。

“那我就告辞了。”

“哎呀，不如等他一会儿？喝碗茶吧。”木下夫人将晚报叠起递给了我。

我在檐廊上坐了下来。庭院里的红梅，顶着一颗颗圆鼓鼓的花骨朵。

“您最好不要相信木下。”

耳畔冷不防响起的低语，把我吓了一跳。是木下夫人端来了茶。

“为什么？”我很认真。

“他这人不靠谱。”木下夫人高高挑起一边的眉毛，轻轻地叹了口气。

我险些失笑。在我想来，青扇平日以古怪的自矜，沉溺于怠惰之中，这女人肯定也在不动声色地将自己伺候那个身具某种特异才能的丈夫所受的辛苦引以为傲呢。我暗暗感到好笑，真是赤裸裸的谎言啊。不过，面对区区谎言，我也不甘示弱。

“胡说八道被视为天才的特质之一。只说一个个瞬间的真实。有个词叫突变，说难听了就是投机者。”

“天才？怎么可能。”木下夫人将我喝剩下的茶水倒在院中，又续了一碗。

由于刚洗完澡，我很口渴。啜了口滚烫的粗茶，我追问道：“您怎能断定他不是天才？”从一开始，我就试图打探出青扇的真面目来，哪怕只有一点收获也好。

“他是虚张声势。”回答仅此而已。

“是吗？”我笑了。

这女人也和青扇一样，不是大滑头就是大笨蛋。总之我觉得谈不下去了。但有一点我看得出，木下夫人似乎很爱青扇。

望着在暮霭中渐渐隐去的庭院，我向木下夫人暗示了我的一点妥协。

“木下先生那个样子，是在考虑什么吧？如此说来，就没有真正的休息了，不管是洗澡还是剪指甲的时候。”

“哟，所以您是叫我犒劳他？”

在我听来，她的语气相当较真，我便带上几分嘲笑的意味反问道：“你们是不是吵架了？”

“没。”木下夫人似乎觉得可笑。

一定是吵架了。而且，她此刻肯定在焦急地等待青扇回来。

暗夜迫近，唯有百日红的树干隐约显露。我将手搭在柴扉上，回头再度向木下夫人告别。她一袭白衣，孤零零地站在檐廊上，恭敬地鞠了一躬还礼。我在心中怅然呢喃道：“这对夫妇是相爱的。”

尽管已得知他们是相爱的，但我仍未能掌握青扇的真面目。是当下流行的虚无主义者？不，难道是装成富翁的普通人？不管怎样，我开始后悔草率地把房子租给他了。

后来，我那不祥的预感逐渐应验了。三月过去了，四月过去了，青扇那边一直毫无音信。我们没交换任何关于房屋租借的各种契据，押金的事自然也没动静。依我的性子，是讨厌像别的房东那样和契据等麻烦事牵扯到一起的，也不喜欢把收来的押金投到别处去赚利息什么的，正如青扇所说，就当作存款，所以说，算了，怎样都行吧。但是不付房租，我可忍不了。尽管如此，我仍佯作不知地等到了五月。我想说明，那样做是出自我的满不在乎和宽宏大量，但说真的，我也是怕了青扇。一想到青扇，便感到莫名地发窘，不想见到他。我知道终究是要见面来谈一谈的，但即便如此，我仍不免今天拖明天，明天拖后天，只为敷衍一时。换句话说，原因出在我的薄志弱行上。

五月底，我终于下定决心去青扇家走上一遭。一大早就出发了。我总是这样，一旦决定，就非尽快把事办完不可。到他家一看，大门紧闭，好像还没起床。我可不愿贸然搅扰小夫妻俩的酣睡，便直接返回了。我烦躁地修了修院子里的树木，终于挨到中午，便再次出发了。还是关着门。这次我绕进了院子里。院中的五株钝叶杜鹃含苞待放，个个花骨朵好似蜂房一般；红梅花已谢，只展开青青的叶子；百日红自枝枝杈杈上生出了毛刺般的细长嫩芽。挡雨板也没撤下。我轻敲了两三下，低喊了两声："木下先生，木下先生。"一片寂静。我从挡雨板的缝隙向内窥了一眼。人无论到多大的年岁，大概都有偷窥的兴趣吧。里面一片漆黑，什么也看不见，只能察觉到似乎有人睡在客厅里。我把身体离开挡雨板，考虑要不要再叫一次，但最后还是无果而返。似是因后悔偷窥而生出的怯畏心理，让我那样灰溜溜地返回的。回家一看，恰好有客人来，我们商定了两三件事的工夫，天也黑了。送走客人后，我又打算去第三次。我想他们不可能还没起来。

青扇家里亮着灯，门也开着。我招呼了一声，便听见青扇以嘶哑的声音回道：“哪位？”

“是我。”

“啊，是房东先生，请进。”他好像在客厅里。

屋里的空气不知为何有些阴郁。我站在门口，歪头看向客厅，只见青扇穿着棉睡衣正在匆匆收拾床铺。在微暗的灯光下，青扇的脸看上去竟苍老得令人诧异。

“准备就寝了吗？”

“嗯。不，没关系，我睡一整天了，真的，因为这样睡觉最省钱。”他不停地说着，似乎总算把屋子收拾好了，小跑着来到门口，“您好，好久不见！”

他都没好好看我一眼，就立刻低下了头。

“房租暂时付不了。”这话真是出乎意料。

我真是生气了，故意没回他。

“我太太跑了。”他偎着门口的隔扇静静地蹲了下去。由于背对着灯光，青扇的脸看上去只是一团乌黑。

“为什么？”我大吃一惊。

“被她嫌弃了。有别的男人了吧。她就是那样的女人。”青扇一反常态，说话的语气干脆利落。

"什么时候的事？"我在门口的台阶上坐了下来。

"唔，大概是上个月中旬左右……您不进来吗？"

"不了，今天我还有别的事。"我感到有点恐怖。

"说来惭愧，我是靠女方父母的接济而生活的，结果落得如此下场。"从青扇说个不停的烦躁态度中，我早就看出他逐客的心思。我故意从袖兜里掏出香烟，问他："有火柴吗？"青扇默默地走到厨房，拿来一大盒物美价廉的火柴。

"为什么不工作呢？"我一边抽烟，一边暗下决心，从现在起要慢慢地问个明白。

"因为不能工作，没有才能啊。"依然是干脆利落的语气。

"开什么玩笑？"

"没开玩笑，要是能工作就好了。"

我明白了青扇有着意想不到的坦率气质。我心里也堵得慌，但若是这么同情他，房租的事可就没辙了。我勉励了自己的决心。

"那就不好办了。我也很为难，您也不可能永远这样下去。"我把抽了半截的香烟扔向土间。通红的火星在三合土上一下子扩散开来，旋即消失。

"是的，我会想办法，已经有打算了。谢谢您。能再等等吗？再稍微等等。"

我叼起第二支烟，又划着一根火柴。借着火柴的光亮，我窥见了刚才就一直惦记着的青扇的脸。燃着的火柴啪嗒一下掉在了地上，我看到了恶鬼的面孔。

“那我改天再来，等您有钱的时候。”我恨不得马上逃离这里。

“是吗？谢谢，麻烦您白跑了一趟。”青扇老老实实地说着，站了起来，然后自言自语般地嘟囔道，“四十二岁的一白水星，三心二意流年不利。”

我跌跌撞撞地离开青扇家，梦游似的一路往家赶。但随着一点点镇定下来，我觉得自己似乎又上当了。青扇那钻牛角尖般的干脆语气，以及说出“四十二岁”时的漫不经心，都显得那么矫揉造作，刻意得不得了。看来我是有些天真了。我心想，以我这种温暾的性子，是无论如何也无法胜任房东这一角色的。

其后的两三天，我只顾着想青扇的事了。我也是多亏了父亲的遗产，才能如此悠然度日，也没起过工作的心思。青扇的那句“要是能工作就好了”的述怀，我也并非不理解，但假如他现在真过着一分钱收入也不指望的生活，仅凭这一点就已经是非比寻常的精神了。不，“精神”这类词听起来太高尚，总之是相当死皮赖脸的秉性。我想，既然已经到了这个地步，不彻底查明那家伙的真面目就不能安心。

五月过去，到了六月，青扇仍旧一声招呼也不来打。我又不得不去他家了。

那天，青扇像个运动员似的，穿着带领衬衫和白裤子，显得有些羞涩地走了出来。家里总体是明亮的感觉。

我随他走进客厅一看，只见房间靠近壁龛的角落里有一张不知何时购进的鼠灰色天鹅绒面的旧沙发，榻榻米上还铺着淡绿色的地毯。房间的氛围完全变了。青扇把我让到沙发坐下。

院子里的百日红，差不多该开始绽放猩红色的花朵了。

“总是麻烦您，真的很抱歉。这回没问题了，我找到工作了。喂，小贞。”青扇挨着我坐在沙发上，然后向隔壁房间招呼了一声。

一个身穿海军服的娇小女子，从四疊半大的房间里突然冒了出来。是个脸颊呈现健康色泽的圆脸少女，眼睛也异常清澈，透着一股初生牛犊不怕虎的劲儿。

“这是房东先生，快打招呼。她是我女人。”

我大吃一惊，明白了方才青扇那含羞微笑的意味。

“是什么工作？”

待那少女又缩回隔壁房间后，我故作不通人情世故的样子打听工作的事。我小心提防着呢，今天绝不上当受骗。

“是小说。”

“欸？”

“是这样的，我从很早以前就在学习文学，最近总算时来运转。我要写个真实的故事。”他装作一本正经。

“真实的故事指的是？”我追问不休。

“就是把不存在的事作为既定事实写出来。不要紧的。记得先写下某县某村某户啦，大正某年某月某日啦，看过当时的报纸就该知道啦等句子，然后再写必然不存在的事，也就是小说。”

青扇许是为新妻子的事有几分心虚，他尽力躲着我的视线，时而刮掉长发上的头屑，时而反复换边跷二郎腿，同时有点高谈阔论。

“真的没问题吗？我可不想惹麻烦。”

“没问题，肯定没问题。”像要打断我的话似的，他反复强调没问题，然后爽朗地笑了。我信了。

这时，那少女用银盘端着红茶走了进来。

“您请看。”青扇接过茶碗先递给我，再接过自己的茶碗，然后回过头去说。壁龛里，“北斗七星”的挂轴已然不见，摆在那里的是一尊高约一尺的石膏胸像，胸像旁是盛开的鸡冠花。少女用生锈的银盘半遮住一直红到耳根的脸，越发睁大了褐色瞳仁的大眼睛瞪着青扇。

青扇一边挥手像要拂去那道视线似的，一边说道：“请看那胸像的额头。脏了对吧？没办法。”

少女以迅雷不及掩耳的速度冲出房间。

“怎么了？”我一头雾水。

“哦，据说那是贞子以前的那人的胸像，是她唯一的嫁妆。她会去亲吻。”青扇若无其事地笑道。

我心里很不舒服。

“您好像讨厌这种事啊，可世界就是这个样子，没办法。她看到胸像就会很感动，每天都要换花。昨天是大丽花，前天是鸭跖草，不，是朱顶红吧，或者是大波斯菊。”

就是这一招。如果再次稀里糊涂地被他这样子所蒙蔽，就会像以前那样期待落空。正因为我意识到了这一点，才故意刁难他，不接他的话茬儿。

“不，我是说工作，已经开始了吗？”

“哦，那个呀，”他啜了一口红茶，“马上就要开始了，没问题，因为我其实是个文学书生。”

我边找地方放茶碗边说：“可您的所谓‘其实’，是……是靠不住的。您似乎又在用‘其实’这样的话来粉饰一个谎言。”

“哎呀，您这话太伤人了，别那么直言不讳地捅出事实好吗？我呀，以前是跟随森鸥外的。您知道那位老师吧？《青年》那篇小说的主人公就是我。”

这令我大感意外。很早以前我也读过那篇小说，其中淡淡的浪漫主义，将我的心永远地俘获不放，但我并不晓得那个过于完美的主人公是有原型的，本以为是老人在脑海里虚构的青年，所以才如此完美。真正的青年也长于猜忌和算计，是更苦闷的，因此我对那个白莲般的青年颇有不满，却不料竟是这个青扇？我虽然开始有些兴奋了，但马上便提防起来。

“第一次听说。不过那个人物，说句失礼的话，似乎是个更落落大方的少爷。”

“您这话太绝情了。”青扇轻轻地接去我持在手中无处可放的茶碗，和自己的一同放在沙发下，“那个时代就那样，若是换成现在，那个青年也会变成这样。我想不光是我。”

我重新端详了一下青扇的脸。

“也就是说，那是一种抽象？”

“不。”青扇诧异地朝我的瞳子里窥了一眼，“我指的是我自己。”

我又感到了一种类似怜悯的情绪。

“算了，今天就这样，我先回去了。请务必开始工作。”留下这句话，我离开了青扇家，可是回去的路上，我不得不为青扇的成功祈祷。那是因为，青扇关于青年的一番话不知怎的令我感同身受，连自己也奇怪地感到灰心丧气，再就是我也想祝愿青扇新婚幸福。虽说没索要房租，但我还不至于生活困窘，顶多是在零花钱上不太方便罢了。这权作是我为了那个不走运的老青年而忍受这不便吧。

我似乎有个缺点，就是总觉得艺术家很吸引人。尤其是那个男人，倘若受到世人的不公评价，我更会心跳加剧。假如青扇现在果真时来运转了，我可不能用房租之类的事去搅乱他的心境。这件事最好先放一放，期待他发迹吧。我对当时脱口而出的“He is not what he was.”这句话感到格外欣喜。我上初中时，在英语语法教科书里发现了这句话，心潮澎湃，而且这句话也是我初中五年间所受的教育当中至今不忘的唯一知识。将每次造访都予我以新的惊异和感慨的青扇，与作为语法范例而被写入教科书的这句话联系起来，我开始对青扇抱有一种异常的期待。

但是，我犹豫着是否要把我的这个决定告诉青扇。这也可以说是房东的本性吧。说不定，明天青扇就会把迄今为止的房租悉数带来呢。也是由于那样的暗中期待，我没有主动对青扇说出“我不要房租”之类的话。我想，假如这能成为鼓励青扇的源泉，对双方都有好处。

七月底，我再度去青扇家造访，不知他这次会有多少起色，有没有什么新的进步和变化。我怀着对此的期待出发了。结果去了一看，顿时目瞪口呆。岂止是变了。

那天，我从庭院绕去客厅外的檐廊，却见青扇穿着裤衩盘腿坐在檐廊上，胯间置一大茶碗，正用一根芋头似的短棒在茶碗里拼命地来回搅拌。我打了声招呼，问他在做什么。

“嗯，是淡茶。我在点茶呢。这么热的天儿，非喝茶不可。

来一碗？”

我发觉青扇措辞似有变化，但眼下不是为这种事纳闷的时候。我不得不喝那茶。青扇硬将茶碗塞在我手上，然后依旧坐着，麻利地将脱在一旁的时髦的格子花纹浴衣穿好。我坐在檐廊上，无奈地喝了口茶。一尝才发现，苦味恰到好处，竟很好喝。

“您怎么想起喝茶来了？真真风雅。”

“不是，因为好喝嘛。我呢，不愿意写真实的故事了。”

“是吗？”

“在写这个。”青扇一边系兵儿带[①]，一边膝行至壁龛前。

壁龛里不见了上次的石膏像，取而代之的，是一个装在牡丹花图案袋子里的三弦似的东西。青扇在壁龛一角的竹质文卷匣里翻找一阵，不久便捏着几张叠得很小的纸片拿了过来。

“我想写这样的东西，正在搜集文献。”

我放下茶碗，接过那两三张纸片。纸片上印着“四季候鸟”这一标题，看上去就像是从妇女杂志之类的刊物上剪下来的。

“您看，这张照片不错吧？这是候鸟在海上遭遇浓雾时迷失方向，只顾着慕光直飞，却因这天罚而撞上灯塔相继坠亡时。数千万具尸骸。候鸟真是悲惨啊，因为苦旅就是它们的生

① 和服腰带的一种，男人或小孩系用，以整幅布捋成。

活。候鸟背负着不能在一处地界安居的宿命。我呢，想用一元描写[1]来写这个。主题就是，我这只年轻的候鸟在从东到西、从西到东的彷徨中徒然老去。同伴逐渐死亡，有的被枪打死，有的被海浪吞没，有的饿死，有的病死，悲惨得甚至来不及温暖自己的窝巢。您知道‘潮起时分问海鸥’这支歌吧。我呢，曾跟您说过出名病的事，其实，还有比杀人或开飞机更轻松的法子，且可兼顾身后名。便是写一篇杰作，就是这个。”

从他的高谈阔论背后，我又嗅出了某种遮羞的意图。蓦地，我瞥见一个肤色浅黑、梳着日本发髻的瘦削女人，正自便门向这边偷窥。女人很陌生，不是那名少女。

“那么，嗯，请写出杰作吧。”

“您要回去了？再品一种淡茶吧。”

“不了。”

我在回去的路上又不免烦恼起来。这已渐渐成了灾难。世上竟有如此荒唐之事？我现在已经越过非难，至于愕然失语。猛然间，我想起青扇说的候鸟，突然感到了我和他的相似。不是具体哪里相似，而是总觉得散发着相同的体臭。他似乎在说，你和我都是候鸟，那令我深感不安。不知是他影响了我，还是我影响了他，总之有一方是吸血鬼。其中一方，岂非正在

① “一元描写”是日本作家岩野泡鸣所倡导的描写方法。该方法主张，应在小说中设定代表作者主观的人物，从其视角来一元化地统一描写。

不知不觉中渐渐侵入对方的方寸之地？他觉察到我是怀着盼他突变的期待来访的，我的期待束缚了他，这岂不更加令他必须努力改变？想来想去，越想越觉得，青扇和我的体臭似乎彼此纠缠着，互相反射着，我越来越在乎起他来了。青扇即将写出杰作？我开始对他的候鸟小说生出浓厚的兴趣。我吩咐花匠把南天竹栽在他家门口旁，就是那时的事。

八月，我去房总的海边度过了大约两个月，一直待到九月底。回来的当天下午，我便带上少许当地特产比目鱼干去造访青扇。我下了如此大的力气，想让他感受到非同寻常的亲睦。

自庭前向里走，就见青扇喜笑颜开地迎了出来。他剃了短发，看上去更年轻了，容貌却不知怎的显得有点凶。他穿着藏青地碎白花纹的单衣。我不知为何也感到有些怀念，像依靠在他瘦削的肩膀上似的进了屋。房间中央备置了一张矮桌，桌上摆着一打啤酒瓶和两个杯子。

“真是不可思议，我就猜到您今天会来。哎呀，不可思议。所以我一大早就做好了这些准备等您。真是不可思议啊。来，请坐。”

很快，我们便慢悠悠地喝起啤酒来。

“怎么样？工作完成了吗？”

“那个没戏了。这株百日红上聚满了油蝉，从早到晚不停地叫，我都快疯了。”

我不禁失笑。

“哎呀，是真的。因为斗不过，我才把头发剃得这么短，费尽了心思。不过，今天您来得太好了。”他像滑稽演员似的微微噘起发黑的嘴唇，将杯中的啤酒一饮而尽。

“您是一直待在这里了吗？”我放下了贴在嘴边的啤酒杯。杯中浮着一只似蚊蚋的小虫，在泡沫上拼命挣扎。

“是的，”青扇将双肘支在桌上，把杯子举到与眼同高，茫然望着泛涌的啤酒沫，一心一意地说道，“也没别处可去啊。”

“对了，我带来了土特产。”

“谢谢。”

他若有所思，对我递出的鱼干不屑一顾，仍旧迎着光亮观察自己的杯子，眼睛都直了。他好像已经醉了。我用小指尖捞起泡沫上的虫子，然后咕嘟咕嘟地默默喝干了杯中酒。

“有句话叫贫则贪，”青扇絮絮叨叨地说道，“我认为完全正确。哪有所谓清贫呢？只要有了钱……”

“怎么了，干吗纠结这个呀？”

我放松身子不再跪坐，故意望向庭院。对于他的一个个话题，我觉得搭理了也没用。

“百日红还在开着吧？真是讨厌的花啊。已经开了三个月，想谢也谢不了，这树太不知趣。”

我装作听不见，拿起桌上的团扇，呼啦呼啦地扇了起来。

“告诉您，我又是独身了。”

我转过头来。青扇独斟独酌。

“我早就想问了，到底是怎么回事？您这也花心得太离谱了。”

“不，是她们都跑了。我什么办法也没有。”

“是不是因为受不了压榨啊？您曾那样说过。说句失礼的话，您是靠女人的钱生活的吧？”

“那是骗人的。”他从桌下的镍质烟盒里捏出一支烟，平静地抽了起来，“其实是我老家寄来的钱。不，我自知经常换老婆是事实。我告诉您，从衣柜到镜台，都是我的。老婆来我家，除了身上穿的别无他物，然后随时都可以怎么来的怎么回去。这是我的发明。”

“您真傻。”我难过地仰头灌了口啤酒。

“只要有了钱……我想要钱。我的身体正在腐烂。我想在五六丈高的瀑布下冲个干净。那样一来，就能和您这样的好人更加不分彼此地交往了。”

“那种事您不必介意。”

我本想说我并没指望房租过活，但没能说出口。也是因为我忽然意识到，他抽的烟是希望牌。我想，他并非完全没钱。

青扇似乎知道我的视线正落在他的香烟上，并且立刻察觉出盯着香烟的我的心思。

“希望很不错。既不甜又不辣，没什么味儿，所以我喜欢。最重要的是，名字很好不是吗？”他辩解似的自言自语着，然后语气骤然一变，“小说我写了，有十页左右，后面就写不下去了。”他用夹着香烟的那只手，慢慢地擦去鼻翼两侧的油脂，“我认为是没有刺激所以写不下去，便做了这样的尝试：我拼命攒钱，攒了十二三元之后，就带着钱去酒馆，以最荒唐的方式花了个精光。我是盼着借此体验一番悔恨之情。”

“那样就写出来了？”

“没用。”

我忍俊不禁，青扇也笑了，将希望啪的一声扔到院子里去了。

“小说这东西真是无聊。无论我写出多么好的东西，早在百年前就已有人写出更优秀的作品。是在百年以前就完成了更新潮、更超前的作品哦。我顶多只能算是模仿。”

“没那回事吧。我觉得越是后人才越高明。”

“如此不知天高地厚的确信从何而来？不能随便下结论。要搞清楚，您的确信从何而来？好的作家都具备优秀而独特的个性不是吗？就是要创造出显著的个性来。候鸟是做不到这一点的。”

天快黑了。青扇挥团扇频频驱赶小腿上的蚊子。就在附近有草丛，所以蚊子也很多。

“但是也有人说，无性格是天才的特质。”

我试探着这么一说，青扇似有不满地冲我噘起了嘴，但我总觉得，他脸上不知哪里确实露出了狞笑。我发现了。我的酒一下子醒了。果然没错，这肯定是在模仿我。

我曾告诉这里的第一任太太，胡说八道是天才的特质，青扇肯定是听说了。难道不是那件事成了暗示，一直以来不断地作用于青扇的心，对其行动加以掣肘的吗？青扇至今为止的异于常人的态度，似乎都是为了不辜负我在无意中对他置评所透露出的期待。这男人不自觉地依赖上了我，扮演着我的帮闲，不是吗？

“您也不是小孩子了，别再胡闹了。我可不是让这房子闲着当消遣的。地租从上个月起又涨了些，再加上税金、保险费、修理费什么的，得交很大一笔钱呢。给别人添麻烦尚能佯作不知者，不是超脱人间的傲慢精神，就是乞丐的秉性。对别人的过度依赖也到此为止吧。”丢下这番话，我便站了起来。

“唉，这样的夜晚我若是能吹笛子该多好啊。”青扇一边自言自语般地咕哝着，一边送我到了檐廊。

我正要下到庭前时，找不到木屐放在哪儿了，一团漆黑。

“房东先生，电灯被停了。”

终于找到木屐了，趿拉上木屐后，我偷窥了青扇一眼。青扇站在廊外，茫然望着澄澈的星空一端，那里因新宿一带的电灯而如起火似的一片通明。我想起来了。从一开始我就觉得青扇的脸在哪儿见过，直到这时才终于想了起来。不是普希金，而是同我以前的房客——啤酒公司技师家里的那个将白发剃成短平头的老太婆的脸一模一样。

十月、十一月、十二月，这三个月里我没去青扇家。青扇自然也不会来找我。我们只在浴池里碰见过一次。当时将近半夜十二点钟，浴池也快关门了。青扇赤条条地瘫坐在更衣间的榻榻米上，剪着脚趾甲。他像是刚泡澡出来，瘦削的双肩上热气腾腾，看见我也不怎么吃惊。

“据说晚上剪指甲会死人的。这儿的浴池里死过人哟，房东先生。这阵子我光长指甲和头发了。”

他皮笑肉不笑地喋喋不休，咔嚓咔嚓地剪着，剪完突然手忙脚乱地穿上棉睡衣，连惯常的照镜子也顾不得，便匆匆地回去了。于我，那又是卑鄙的作态，徒增蔑视之念而已。

今年正月，我走访四邻拜年时顺便去了趟青扇家。当时一开门就有一只红褐色的长身犬突然冲我吠叫起来，把我吓了一跳。青扇身穿一件罩衫似的蛋黄色短外套，头戴睡帽——看上去竟神奇地变年轻了，一出来立刻摁住了狗头，连招呼也不打一声，就絮絮叨叨地说起无关紧要的事：“这只狗是去年年底不知从哪儿迷了路跑来的，我喂了它两三天，它就已摆出一副忠诚相，会冲陌生人吠叫，我打算过阵子就找个地方把它丢掉。”我估计多半是又发生了难堪的事，便断然拒绝青扇的挽留，当即告辞了，可青扇却从后面追了上来。

“房东先生，大过年的本不该说这种话，可我现在真的快要疯了。我家房间里冒出来许多小蜘蛛，实在叫人头疼。前些日子，我一个人闲得无聊，便想把弯了的火筷子弄直以排遣寂寞，于是在火盆边上梆梆地敲了几下，谁知老婆丢下正在洗的衣服，又惊又怒地冲进我的房间，连眼神都变了，说我一定是疯了，反倒把我吓了一跳。您有钱吗？不，算了。所以，这两三天十分消沉，过年家里也没做任何准备。您特意来一趟，我们却没什么能招待您的。”

“有新夫人了吗？”我试着尽量用挖苦的语气说道。

“嗯。”他像孩子似的害臊了。

我想，他多半是和歇斯底里的女人开始同居了吧。

就在前几天的二月初，一个意料之外的女人深夜来访。我走到门口一看，竟是青扇的第一任太太。她裹着一条黑色的毛披肩，身穿飞白花纹粗布外套，白皙的脸颊似乎愈显通透，甚至有些发青。

“有些话想跟您说，陪我到那边走走吧。”

我连斗篷也没穿，直接和她一起去了外面。下霜了，轮廓分明的清冷满月挂在天空。我们默默地走了一会儿。

“从去年年末，我又回到这里了。”她以恚怒般的眼神直直地盯着前方说道。

“这真是……”我除此之外无言以对。

“因为我想念这里了。”她全心全意地呢喃道。

我一言不发。我们向杉树林那边缓缓行去。

“木下先生怎么样了？”

“还是老样子。实在对不起。”她戴着蓝色毛线手套的双手一直垂到了膝盖附近。

“真犯愁。我前阵子跟他吵了一架，不知道他到底在干什么。”

“他太不靠谱，简直是个疯子。”

我微笑，想起了火筷子的事。如此说来，那个神经过敏的老婆就是这位夫人吧。

“不过，他那个样子肯定是在思考什么。”我还是起了先反驳再说的念头。

她吃吃地笑着答道：“是的。他说要成为贵族，然后成为有钱人。”

我有点冷，略微加快了脚步。每走一步，因霜冻而鼓起的土层就被踩碎，发出鹌鹑或猫头鹰低鸣似的奇怪声响。

“不，”我故意笑了笑，“我问的不是这个，而是他有没有开始做什么工作。”

“他已经是个彻头彻尾的懒汉了。”她断然答道。

“为何会这样呢？不好意思，请问他多大了？他自己说是四十二岁。”

“谁知道呢。”这次她没笑，“怕是还不到三十岁吧，比他自己说的要年轻得多。反正总在变，我也搞不清楚。”

“不知他是做何打算。看样子好像没在学习，他看书吗？”

“不，只看报纸。他心满意足地只订了三种报纸，而且看得很仔细，政治版更会反复看很多遍。”

我们来到那块空地。这里的霜很清净。因着月色，石块、竹叶、树桩，甚至杂物堆都闪着白光。

“他好像也没朋友。”

“是的。据说是做了对不起大家的事，所以不能再交往了。”

“是什么事？”我认为和钱有关。

“很无聊的小事，完全不值一提。他说尽管如此也是坏事。他那个人，是好坏不分的。”

“没错，太对了。好事和坏事是颠倒的。”

“不，”她将下巴深埋进披肩，微微摇了摇头，“若是明确的颠倒，那还算好的。他根本就是乱七八糟。所以大家心里没底，不离开才怪呢。可他呢，却以为那是在取悦于人。听说在我之后又来过两个人？”

“嗯。”我没怎么听她说话。

“像是换个季节就换个人。是在模仿吧？”

“什么？”我一时没能理解。

“我是说他，在模仿。他那个人，哪有什么主见，都是女人的影响。和文学少女在一起时就搞文学，和市井女人在一起时就赶时髦。我清楚得很。”

“不会吧。那岂不成了契诃夫？”

虽然这样说笑，还是觉得胸口堵得慌。我想，眼下若是青扇在此，我就算紧紧地抱住他那纤细的肩膀又有何妨。

“如此说来，现在木下之所以是个彻头彻尾的懒汉，就是在模仿您呀。”说完，我感到自己摇摇欲倒。

“对，我就是喜欢那样的男人。谁叫您没有再早点儿知道呢？不过，已经迟了。这是不相信我的惩罚哟。”她轻笑着，满不在乎地说道。

我将脚下的一个土块踢飞，偶然间一抬头，发现草丛里悄无声息地站着一个男人。他身穿棉睡衣，头发也像以前一样很长。我们同时认出了他，便偷偷地松开了握在一起的手，不动声色地分开了。

“我是来接你的。”

青扇的声音低沉，但或许是四下太安静的缘故，在我听来却异常刺耳。他好像连月光都嫌刺眼似的，皱着眉头局促不安地望着我们。

“晚上好。”我打了声招呼。

“晚上好，房东先生。”他恭敬地回应道。

我朝他走近了两三步，试着问道:“您如今做什么呢?”

“请别再管我的事了，又不是没别的话可说。”他反常地厉声答道，然后又突然换成特有的讨好语气，“我呢，从前些日子开始看手相。您看，太阳线出现在我的手心。瞧!没错吧，没错吧?这是时来运转的证据。”

他一边说，一边高举左手遮住月光，出神地望着自己手心的那条所谓太阳线的掌纹。

怎么可能时来运转。从那以后，我再也没见过青扇。发疯也罢，自杀也罢，随他的便。这一年来，我内心的平静似乎因青扇而被搅得乱七八糟。虽说我有赖于少许遗产而略略过着安乐的生活，却并无多少余裕，又因青扇的事而陷入相当大的不便。而且如今看来，似乎只得了个毫无趣味的，更加令人窒息的结果。我岂非只是将普通的凡夫赋予某种意义，观望其上演黄粱一梦?没有龙骏吗?没有麒麟儿吗?我已经完全不想再抱有那样的期待了。每一个他都仍是老样子，只是根据每天的风向，色调看上去稍有变化而已。

喂，你看，是青扇出来散步了，在纸鸢升起的那块空地上。他穿着横纹棉睡衣，正在慢悠悠地步行。为何你会这般笑个不停？原来如此，你是说我们很像？

——好吧。

那我问你，那个时而仰望天空时而摇晃肩膀时而耷拉脑袋时而掐摘树叶同时悠然徘徊的男人，与这里的我，可有哪怕一点不同之处？

传奇

仙术太郎

从前，津轻国神椰木村有个村长名叫锹形惣助，四十九岁始得一子，取名太郎。太郎一出生就打了个大哈欠，这哈欠大得令惣助耿耿于怀，觉得在前来道贺的亲戚们面前有些丢脸。渐渐地，惣助的担忧开始应验。太郎从不主动凑近母亲的乳房吮吸，而是躺在母亲怀里，一直嫌麻烦似的张着嘴，等待乳头送进嘴里。给他纸老虎玩，他也不去摆弄，只是兴味索然地望着摇动的虎头。早上醒来后，他也不会手忙脚乱地爬出被窝，而是闭眼装睡两个钟头。他有一种厌恶轻举妄动的精神。三岁时，发生了一件小事，使得锹形太郎的名字在村民中间稍稍流传开来。因为那不是报纸上的事件，所以恰恰是真实的——太郎独行了好远好远。

那是初春的一个夜晚，太郎悄无声息地离开母亲的怀抱，骨碌碌地滚落到土间，然后滚出了家门。他来到户外，稳稳地站了起来。惣助和太郎的母亲都在熟睡，对此毫无察觉。

满月就悬在太郎的额前上方，清光如水，洇了轮廓。身穿鲹鱼图案汗衫和茨菰图案棉背心的太郎，赤脚沿着村里满是马粪的砂石路向东走去。他睡意蒙眬地半闭着眼，一边不停地微喘粗气，一边行走。

次日一早，举村轰动，因为三岁的太郎在离村子足有七里多的汤流山上的苹果地中满不在乎地睡了一宿。汤流山形似半融的冰碴儿，峰上有三道平缓的起伏，西端如流水般形成一面缓坡。汤流山高约百米，太郎何以能走到那么高的山上，原因不明。不，肯定是太郎独自爬上去的，却不知他为何爬山。

太郎被发现他的采蕨姑娘装进提篮，晃晃荡荡地回到村里。往提篮里窥看过的村民们，眉间皆堆起黑油油的褶皱，相视点头，道："是天狗，是天狗。"

惣助见儿子平安无事，只是啧啧惊异，既没埋怨"真要命"，也没夸赞"太好了"。太郎母亲则没那么惊慌失措，她抱起太郎，将半匹毛巾料放进采蕨姑娘的提篮，然后拿一个大盆到土间，注满温水，静静地给太郎清洗身子。太郎身上一点儿也没脏，圆圆滚滚，又白又胖。惣助围着大盆匆匆打转，终于一脚绊在盆上，将水弄洒一地，挨了太郎母亲的一顿臭骂。

尽管如此，惣助仍不离开，他隔着太郎母亲的肩膀偷偷地看着太郎，不停地问："太郎，看到什么了？太郎，看到什么了？"

太郎打了好几个哈欠后，咿咿呀呀地喊道："垂阳十七明照瓦。"

当晚躺下后，惣助才终于弄明白这句话的意思——炊烟四起民灶旺[①]。

大发现！惣助本想拍一下大腿，却被厚重的被子碍了事，痛痛地打在了肚脐旁。惣助心想，不愧是村长的儿子，才三岁就关心起村民的灶台来了。啊，这是难能可贵的光明呀！这孩子定是在汤流山顶俯瞰了神椰木村的晨景，当时家家户户的灶台升起袅袅炊烟，显出一派热闹兴旺的景象。啊，这是殊胜超世的本愿呀！这孩子定是天赐之宝，必须小心爱护。惣助悄然起身，伸过手去，小心仔细地给独自睡在旁边的太郎重新盖好被子，然后把手伸得更长，稍显粗暴地给睡在孩子身旁的太郎母亲重新盖好被子。太郎母亲的睡相很难看，惣助特意用力别过脸去不看她，口中嘟囔道：

"这是太郎的生母，必须小心爱护。"

太郎的预言应验了。那年春天，村里所有的苹果地里，齐

---

① 出自《新古今集》卷七贺歌卷首。全诗为："登临高殿瞰国内，炊烟四起民灶旺。"传为仁德天皇所作。

齐开出大朵大朵的粉花，花香甚至传到七十多里外的城下町。苹果大如手鞠，红似珊瑚，像泡桐树的果实一样结成了串。摘下一个咬一口，水分饱满得几乎要将果肉撑破，甚至刚碰到牙就啪地发出一声脆响裂开，迸出清凉的汁液，从鼻子溅到脸颊。

第二年元旦，发生了更可喜的事。有千只白鹤自东天飞来，当村民们纷纷叫嚷啧啧称奇之时，白鹤在蓝天上四处悠游，不久向西飞去。那年秋天，稻穗颗粒饱满，苹果也不逊于去年，累累果实压弯了枝头。村子富了起来。惣助对太郎的预言能力笃信不疑，但他暂时没到处宣扬，大概是不想被人嘲笑说他溺爱儿子吧，抑或是出于某种更冒失的居心，企图寻机赚上一笔。

年幼的神童，两三年后终于入了歧途。不知从何时起，村民们给太郎起了个绰号，叫他“懒蛋”。对此，连惣助也开始感到无可奈何了。太郎到了六七岁，仍不像别的孩子乐意去原野、田地、河滩上玩。夏天里，他就在窗畔托腮眺望屋外的景色；冬天里，他就坐在炉畔望着熊熊篝火。他喜欢猜谜。一个冬夜，太郎很没规矩地歪躺在炉边，仰头眯眼望着一旁的惣助，用慢条斯理的语气出了个谜语：什么东西掉进水里也不会湿？惣助摇了三次头也没想出答案，最后回答说不知道。太郎懒洋洋地轻轻闭眼后告诉他：“就是影子呀。”惣助终于开始觉得太郎可恨了。这不是傻瓜吗？肯定是个白痴。正如村民们所说，他只是个懒蛋罢了。

太郎十岁那年秋天，村子遭到大洪水的袭击。缓缓流经村北头的不到两丈宽的神椰木川，因连月降雨而动怒了。源头的浊水卷着大小漩涡，渐渐肿胀起来，汇合六条支流后顿时膨大，纵身自山上飞奔而下，眨眼间便劫掠了数百根木材，将河岸上的栎树、冷杉、白杨等大树连根拔起裹挟而去，在山脚的深潭里驻足积蓄力量，然后一举撞上村里的桥，毫不在意地将之摧毁，冲破堤坝，如大海般扩张，舔过家家户户的地基，卷走猪畜，托起刚收割的万余个稻垛起伏不定。然后到第五天雨停了，到第十天大水终于开始退去，到第二十天神椰木川恢复了不到两丈的宽度，重新自村北头缓缓流过。

村民们每晚三五成群地聚在各家商量，总是得出同一个结论：我们不想饿死。这一结论总是成为每次讨论的出发点。第二晚还得继续商量，然后又得出“不想饿死”的结论后散会。下一晚再商量，然后结论还是一样。商量来商量去始终没个头儿。最后村里大乱，出现了义民。

一天，十岁的太郎对双手抱头唉声叹气的父亲惣助陈述了自己的意见：

“我认为这很容易解决，到城里直接求城主大人救济不就行了？我去。”

惣助顿时欢呼雀跃，然后似乎立刻意识到此举欠妥，于是再度把松开的双手抱在脑后，继续愁眉苦脸：

“你还是个孩子，才想得如此简单，大人却不这么想。直诉搞不好会掉脑袋的，肯定行不通。算了，算了。”当晚，太郎两手揣在怀里，溜达出了家门，然后匆匆赶往城下町。此事无人知晓。

直诉成功了。太郎运气很好，非但没掉脑袋，还受到了嘉奖。也许是当时的城主大人完全不记得法律的缘故吧。多亏如此，村子才免于尽毁，从第二年又宽裕了起来。

尽管如此，村民们只在头两三年里一直称赞太郎，两三年后就忘得一干二净。“村长的傻公子”成了太郎的名号。太郎每天都去库房里翻阅惣助的藏书，随手拿起什么看什么，有时找到春宫图，也满不在乎地看下去。

不久，太郎发现了仙术书。他对这类书最是热衷，看《纵横十文字》看得十分入迷。在库房里修行一年左右，太郎终于学会了变成鼠、鹫和蛇的法术。他变成鼠，在库房里到处奔跑，还不时停下来，吱吱叫上两声。变成鹫，冲出窗户展翅高飞，在云霄之上尽情逍遥。变成蛇，钻到地板下，一边避开蛛网，一边用腹部的鳞片分开阴凉处的冷草穿行。没过多久，他又学会了变成螳螂的法术，但只是徒具其形，并无任何有趣之处。

惣助已对儿子绝望，却仍嘴硬地告诉太郎母亲：“依我看啊，咱儿子是太优秀了。”太郎十六岁就暗恋了，对象是隔壁油店的姑娘，吹得一手好笛子。太郎喜欢在库房里变成鼠或蛇的模样聆听笛声。“唉，真想让那姑娘迷恋自己，真想成为津轻最英俊的男人。”太郎开始使用仙术，反复祈祷自己变成一个英俊的男人。到第十天，他的愿望实现了。

太郎忐忑地朝镜中看了一眼，不禁吓了一跳。皮肤惨白像褪了色，宽下巴脸，肌肤光滑细腻，眼睛极细，耷拉着两条八字胡。这是天平时代的佛像的容貌，连胯间那话儿也颇具古风，软软地垂着。太郎很沮丧。仙术书太旧了，是天平时代的。变成这样毫无意义，重新来过吧。他想再次施法变回原样，却失败了。为了私欲而随意施法，无论结果好坏都会附在身上，无法改变。太郎徒然努力了三四天，到第五天放弃了。如此老气的面孔，怎会招女人喜欢？但世上也不无怪癖之人。失去仙术法力的太郎，顶着一张宽下巴脸，耷拉着两条八字胡，走出了库房。

太郎向目瞪口呆的父母一五一十地讲明原委。他们终于接受现实，合上了嘴。以这副惨不忍睹的模样，在村里终归是待不下去了。太郎留字“我走了”，当晚便飘然离去。满月悬空，轮廓不甚清晰。这并非天气之故，而是太郎的双眼模糊了。太郎一边信步而行，一边思考着所谓美男子的匪夷所思之处。很久以前的英俊小生，为何到现在却成了可笑的蠢货？不应该呀。这副模样有何不妥？然而，这个谜题终究太难了，太郎穿过邻村的森林，抵达城下町，又越过津轻国的边境，仍解不开这个谜。

顺便一提，据说太郎仙术的奥秘在于，将双手揣在怀里，背靠柱子或墙壁呆立不动，将“无趣、无趣、无趣、无趣、无趣”这一咒语反复低声念诵几十到数百遍，直至进入无我之境。

打架次郎兵卫

从前在东海道三岛的驿站，有个名叫鹿间屋逸平的男人，他家自曾祖父那一代便以酿酒为业。据说酒能反映出酿造者的人格，而鹿间屋酿的酒极其澄澈，且相当辣口。酒名“水车”。逸平有十四个孩子，六子八女。长子不谙世事，因此听从父命，把做生意放在人生首位。他对自己的思想缺乏信心，尽管有时会向父亲提出一些意见，可常话刚说出口就已完全失去自信：“任谁听了就算不置可否，也只当是漏洞百出，肯定是我想错了，父亲您怎么看？总觉得我好像错了。”总是会难以启齿似的否定自己的意见。逸平的回答很简单：“你错了。”

次子次郎兵卫则有所不同。他的气质中存在一种倾向，就是要表现出本来意义上的，而非政治家的哭诉意义上的是非态度。因此，他被三岛驿站的人称作“无赖”，视为不洁之人。

次郎兵卫讨厌所谓商人本性。世间不是算盘，他确信无价值的东西才是珍贵的。他每天都喝酒，却从不沾自家的酒，因为他亲眼见证了自家的酒一直在牟取不正当的利益。一旦误饮了自家酒，他就立刻把手指伸进喉咙，强行吐出来。日复一日，次郎兵卫独自在三岛驿站到处喝酒，从这家酒馆喝到那家酒馆。对此父亲逸平却无意责难，因为他是个头脑清醒的人。他觉得，在众多子女当中有一两个笨蛋，反而有生机，是件好事。而且，逸平担任着三岛的消防队长一职，他谋划将来把这一名誉职位传给次郎兵卫。假如次郎兵卫今后越发像野马一样横冲直撞，也就具备了未来成为消防队长的资格。正是出于这样的远见，逸平才对次郎兵卫的放纵视而不见。

次郎兵卫在二十二岁那年夏天，决定成为一名打架高手，是出于如下缘由。

三岛大社在每年八月十五都会举行祭典，届时驿站的人自不待言，还有数以万计的人各自腰插团扇，从沼津的渔村和伊豆的群山成群结队地朝大社聚集而来。祭典之日必定下雨，自古便是如此。三岛人性喜华丽，所以会冒雨挥舞团扇，一边忍耐着浑身湿透后的寒冷，一边观赏着舞蹈花车和彩饰花车通过，看绚丽烟花升空。

次郎兵卫二十二岁那年的祭典，是个罕见的大晴天。蓝天上有一只鸢边唳鸣边飞舞，参拜者们拜完大社神又拜蓝天和鸢。稍稍过午时分，乌云突然自东北隅的天空滚滚而至，不过眨两三次眼的工夫，三岛已然昏暗下来。饱含水汽的沉重的风在地表爬来爬去，天空仿佛看见了这一暗号，顿时有大颗水滴从天而降，很快便失控似的，一狠心下起大雨。次郎兵卫一边在大社的大牌坊前的酒馆里喝酒，一边望着外面的雨脚和小跑着经过的形形色色的女人。不一会儿，他忽然欠身欲起。因为他看见了熟人，是住在他家对面的习字师傅的女儿。她穿着红花图案的沉甸甸的和服，跑五六步走几步，再跑五六步再走几步。次郎兵卫一把掀开酒馆的门帘来到外面对她说："拿把伞吧，衣服湿了可不好受。"

姑娘停下脚步，纤细的脖颈缓缓转过来，一看到次郎兵卫，她柔嫩洁白的脸颊就红了。

"请稍候。"撂下这句话，次郎兵卫返回酒馆，一边大声呵斥掌柜，一边借了一把粗制油纸伞。

"喂，习字师傅的女儿。无论是你老爹或是你老娘，还有你，肯定都当我是无赖、酒鬼、大坏蛋。可是怎样？我是那种觉得你可怜就会不嫌麻烦地帮你借伞或做任何事的男人。活该。"他再次掀开门帘来到外面一看，姑娘已经不见了，只有越发猛烈的雨脚和你推我搡着跑过的人流。

"哟、哟、哟、哟——"酒馆里传来嘲笑声。是六七个无赖的声音。次郎兵卫右手举着油纸伞心想：啊，真想变成打架高手。人类，在倒霉遇到如此无聊的侮辱时，是毫无理智可讲的。见人斩人，见马斩马，那样才好。从那天起的三年间，次郎兵卫偷偷地修炼了打架的本领。

打架就是拼胆量。次郎兵卫以酒壮胆，酒量越来越大，眼睛渐渐变得像死鱼眼，冰冷而混浊，额头上生出三道油乎乎的皱纹，看上去成了目中无人的面相。即便是吸烟，他也会将胳膊从后面绕一大圈，才将烟袋送到嘴边，很快便吸完一袋烟，俨然是个胆气十足的男人。

接着就是练习如何说话。他想用难以揣度的深沉声音说话。打架前都得说几句俏皮话，次郎兵卫为台词的选择费了一番功夫。说套话可没有实际的感觉，所以他选择了这种别具一格的台词："你没搞错吧？不是开玩笑吧？你的鼻尖肿得发紫，看起来很可笑哟，得过一百天才能复原。我总觉得你是搞错了。"为了可以随时流利地说出这些台词，他每晚躺下后都要反复背诵三十遍。另外，说这话时不可歪嘴，如非必要不可目光炯炯，大部分时间要保持微笑等练习，他也未曾懈怠。

这样就准备好了。终于到了修炼打架的阶段。次郎兵卫讨厌用武器。靠武器的力量即使赢了也不算男人，只有赤手空拳取胜，心里才痛快。他先从如何握拳开始研究。拇指若露在拳头外容易被挫伤。次郎兵卫经过多方研究，最后决定将拇指藏在拳头里，其余四根手指的第一关节并紧，不留缝隙。这就成了看起来相当结实的拳头。他试着用紧并的第一关节用力击打自己的膝盖，拳头一点也不疼，膝盖反而痛得他几乎要跳起来。这是个重要发现。次郎兵卫接下来计划将第一关节处的皮肤练厚练硬。早晨一睁眼，次郎兵卫就立刻用他新设计的拳形朝枕畔的烟盘来上一拳。在街上边走边击打沿途的土墙和板墙，打酒馆的桌子，打家里的炉框。这样修炼了一年。当烟盘被打得七零八落，土墙和板墙上开了无数大大小小的洞，酒馆的桌子出现裂痕，家里的炉框变得凹凸不平甚至显得很时髦的时候，次郎兵卫终于对自己拳头的坚硬程度有了信心。在这次修炼中，次郎兵卫发现如何击拳也有诀窍。比起绕个大圈的侧勾拳，从腋下像活塞一样出直拳能达到约三倍的效果。他还发现，出直拳的途中，若将手臂向内侧拧转半圈，更能达到四倍左右的效力，因为手臂会像螺旋一样深入对方的肉体。

接下来的一年是在自家房后国分寺遗址的松林中修炼，击打五尺高的人形枯树桩。次郎兵卫试着将自己全身上下打了个遍，知晓了眉间和心窝最疼这一事实。另外，他也试着考虑过自古相传的男人的要害，但还是觉得这种打法太下流，非大丈夫所为。次郎兵卫知道迎面骨被打也相当疼，但这个部位适合用脚踢，而他觉得打架时用脚既显卑怯又觉亏心，便决定专门攻击眉间和心窝。在枯树桩上相当于眉间和心窝的高度，次郎兵卫分别用小刀刻下三角形标记，每天砰砰击打，右拳打眉间，左拳击心窝，边打边说：“你没搞错吧？不是开玩笑吧？你的鼻尖肿得发紫，看起来很可笑哟，得过一百天才能复原。我总觉得你是搞错了。”

修炼一年后，枯树桩上的三角形标记变成了海碗那么深的圆坑。次郎兵卫心想，现在虽然百发百中，但还不能放心，因为对手肯定会移动，不会像这根树桩一样总是静立不动。次郎兵卫开始关注存在于三岛街上所有拐角处的水车。富士山麓的积雪融化，形成数十条水量充沛的清澈小河，从三岛家家户户的墙根下、檐廊外、庭院中流过，长满青苔的水车就在这许多小河的各个转角处缓缓地转动着。次郎兵卫在晚上喝酒回来的路上，必然要讨伐一架水车，依次砰砰击打转动着的水车的十六块刮板。起初很难找准目标，所以修炼不太顺利，但渐渐地，在三岛街上就常能看到耷拉着破损的刮板的罢工水车了。

次郎兵卫经常去小河里洗澡，还曾潜入水底深处一动不动。他是考虑到打架时脚滑跌入小河的情况。因为小河流经整个城镇，所以那种情况也是有可能的。他将漂白棉布的腹带勒得更紧了，以防饮酒过多。若是喝得烂醉，脚下就会打晃，造成意想不到的失败。三年过去了。大社的祭典来了三次，走了三次。修炼结束了。次郎兵卫越来越显得沉稳钝重了，连从左到右扭头都需要一分钟。

骨肉至亲因血脉相连而很敏感。父亲逸平看穿了次郎兵卫的修炼。虽不知次郎兵卫修炼了什么，但能感觉到他似乎变得了不起了。逸平实施了先前的谋划，让次郎兵卫继承了消防队长这一名誉职位。次郎兵卫因其难以名状的稳重举止而获得众多消防员的信赖。他被队员们尊敬地称为“头儿”，根本没机会打架。年轻的头儿感到乏味无趣，心想，说不定我这辈子到死都打不成架了。经过千锤百炼的双臂每晚都瘙痒难耐，次郎兵卫只能惆怅地咯吱咯吱地搔痒。两膀膂力无用武之地，令他浑身不自在，最后终于产生了自暴自弃的恶作剧心理。他在后背文满了刺青，刺的是五条类似青花鱼的细长尖吻鱼从四面八方啄食一朵直径五寸左右的鲜红的玫瑰花，从后背到前胸还文满了荡漾的蓝色涟漪。由于这一身刺青，次郎兵卫终于成了东海道无人不知的男人，消防员们自不待言，就连驿站的无赖都对他十分崇拜，打架已是彻底无望。次郎兵卫觉得这样可受不了。

然而，机会却不期而至。当时，三岛驿站有个名叫阵州屋丈六的富翁，是在酿酒水平上与鹿间屋旗鼓相当的竞争对手。这家的酒有些甜腻，色泽浓厚。丈六人如其酒，虽有四个小妾仍不满足，还想方设法要娶第五个。白鹰翎箭[①]越过次郎兵卫

---

① 根据日本民间传说，寻求人祭的神在找到合适的少女后，会在少女家的屋顶上偷偷插一支白翎箭作为标记。

家的屋顶，分开闲居在对面的习字师傅家屋顶上的荠菜，噌地一下扎了进去。习字师傅并未轻率地答应，甚至两度切腹，被家人发现才未死成。次郎兵卫听到这个传言，感到双臂都在兴奋呐喊。他开始寻找机会。

到第三个月，机会来了。十二月初，三岛降下一场罕见的大雪。日暮时分便开始飘下零星雪花，不久变作鹅毛大雪，积了近三寸厚时，驿站的六个警钟同时震响。失火了。次郎兵卫不慌不忙地出了家门。阵州屋隔壁的榻榻米店也不幸燃起了熊熊大火，数千个小火球在榻榻米店的屋顶上列队狂舞，火星像松树的花粉一样喷发，不停扩散，远远地飘向四方天空。偶尔有黑烟如海和尚般慢吞吞地冒出来，遮蔽整个屋顶。纷纷扬扬的鹅毛大雪在火焰的映衬下，越发显得迟缓消沉，令人惋惜。消防员们与阵州屋展开了争论。阵州屋一口咬定，绝对不能接受往自己家浇水，并命令消防员们应该赶快砸断隔壁榻榻米店的房梁将火压灭。消防员们反驳说，那是违反消防法的。这时次郎兵卫出现了。

“阵州屋先生，”次郎兵卫用尽量低的声音，并且大致像微笑似的说道，“你没搞错吧？不是开玩笑吧？”

阵州屋突然插嘴说道：“这不是鹿间屋的二少爷嘛。嘿嘿，开个玩笑，全是醉话，来，请尽情地浇水。”

架没打成。次郎兵卫望着大火无可奈何。虽然没打架，次郎兵卫却因此事越发长了男人的脸面。在火灾之后的很长一段时间里，消防员们聊天的话题都是在说，火光映照下的次郎兵卫在警告阵州屋时，有十多片鹅毛大雪紧贴在他通红的脸颊上不曾融化，那形象如神一般令人畏惧。

翌年二月的一个吉日，次郎兵卫在驿站一端盖了一栋新居。除了六叠、四叠半和三叠大的三间屋子外，还有一间八叠大的阁楼，从那里能直接望见富士山。三月的一个更吉利的日子，习字师傅的女儿被次郎兵卫迎娶到了新居。当晚，消防员们将次郎兵卫的新居挤得水泄不通，众人喝着喜酒，挨个儿表演平时深藏不露的技艺。过了一夜直到次日凌晨，最后一人用两个碟子变了个戏法，趁大家烂醉如泥酣然大睡时蒙混过关，赢来某个角落里发出的啪啪掌声，婚宴方才结束。

次郎兵卫悟了野狐禅，觉得这样生活肯定也不错，便一天天浑噩度日。父亲逸平也嘟囔着“总算告一段落了”，啪地一下将烟袋在烟灰罐里敲了敲。然而，令逸平那清楚的头脑也想不到的悲剧发生了。婚后第二个月的一天晚上，次郎兵卫边喝着新娘斟的酒边说：“我打架很厉害的，打架时用右手这样击打对方的眉间，用左手这样击打对方的心窝。”

虽然只是开玩笑地打了一下，新娘却猝然倒地死了。击打部位果然选得好。次郎兵卫被处以重罪，关进了大牢。这是对其技艺过于高明的惩罚。

次郎兵卫入狱后，由于其隐隐流露出的冷静从容的气质，他不仅没被狱卒欺负，还被同一牢房的犯人们奉为囚犯头儿。次郎兵卫在其他犯人的簇拥下坐在更高处，用哀伤的语调吟唱着他自作的分不清是都都逸[①]还是念经的歌谣——

对岩石耳语

红着脸颊

我是强者

岩石未答

① 由七、七、七、五四句歌词组成，在三弦等乐器的伴奏下歌唱的俗曲，内容多为男女爱情。

谎言三郎

从前在江户深川，有个叫原宫黄村的鳏夫学者，对中国的宗教十分了解。他有一子，名唤三郎。邻居们闲聊时都说，明明是独生子，却起名叫三郎，不愧有学者的怪癖。谁都不清楚为何那就是学者的怪癖，只能归因于他是个学者。邻居们对黄村的评价不太好，认为他极端吝啬。甚至有传言称他吃完饭一定会吐出一半，用来做成糨糊。

三郎的谎言之花就是从黄村的吝啬中萌生的。直到八岁，三郎没得过一分的零花钱，只被逼着背诵中国君子的名言。三郎一边吸溜着清鼻涕，一边反复念叨中国君子的名言。同时挨个房间走，把柱子和墙上的钉子一个个拔下来，攒够十根钉子，就拿去附近的废品收购店卖一两分钱，用来买花林糖[①]。

① 一种点心，在面粉中加入鸡蛋、砂糖，和好切成细长条后用油炸，再抹上黑糖稀。

后来，他从废品收购店那里了解到，父亲的藏书更能卖出十倍左右的好价钱。他便每次偷拿出一两本，拿到第六本时被父亲发现了。父亲挥泪责打了有盗癖的儿子。他朝三郎的脑袋连打三拳，然后说道："继续责打也是枉然，只会累得你我都饿肚子，白白浪费粮食，所以体罚就到此为止。坐那儿吧。"三郎痛哭流涕，被迫发誓悔过。这在三郎，即是谎言的肇始。

那年夏天，三郎杀了邻家的爱犬。那是一只哈巴狗。

夜里，哈巴狗尖声狂吠。拉长的远吠、急促的悲鸣、痛苦不堪般的夸张的呻吟，种种叫声混杂，吵闹极了。狗持续叫了约莫一个钟头的时候，父亲黄村朝睡在旁边的三郎招呼了一声："快来看。"三郎早就抬起头，边眨巴眼睛边侧耳倾听，此时便起身卸下挡雨门板一看，只见邻家竹篱笆上拴着的哈巴狗正把身体在地上蹭来蹭去，疯狂挣扎。

三郎呵斥道："别闹了！"

哈巴狗见了三郎，越发卖弄般地在地上打滚，啃咬竹篱笆，一时装作狂乱的样子，更加高声地急促吠叫。三郎对哈巴狗的恃宠而骄感到十分憎恶，不由得怒上心头。

他极力压低声音说道："别闹，别闹！"

然后跳进院子捡起一块小石头，狠狠地砸了过去，正中哈巴狗的头。嗷的一声尖叫过后，哈巴狗那雪白的小身子便滴溜溜地似陀螺般转了几圈，啪叽一声栽倒在地。狗死了。

三郎放上挡雨门板，钻进被窝后，父亲用困倦的声音问道：“怎么了？”

三郎用被子从头盖到脚，答道：“不叫了，好像是病了，没准儿明天就会死掉。”

那年秋天，三郎杀了人。他把玩伴从言问桥上推下了隅田川。没有什么理由，也许是突然发作，就像忍不住想对准自己的耳朵放上一枪似的。被推下去的是豆腐店老板的小儿子，他一边掉落，一边像鸭子一样蹬动细长的双腿，在空气中无力地划拉了三下，便啪的一声砸在水面上。漩涡随着水流，朝下游方向移动了近两米，然后从漩涡中央突然伸出一只手，紧紧地握着拳头，旋即又没入水中。漩涡逐渐破碎，融入水流。三郎一直观望到最后，才大声哭喊起来。人们闻声而来，看着三郎哭哭啼啼地指着的地方，便明白出了什么事。

“你做得很好。是你的朋友落水了吗？别哭，我们马上救人。你做得很好。”一个自以为是的男人这般说着，轻轻地拍了拍三郎的肩膀。

不久，人群中，三个对游泳颇有自信的男人争相跳进大河，一边各自炫耀着自己的泳姿，一边开始搜寻豆腐店老板的小儿子。三人都过于在意自己的泳姿，因此轻忽了对孩子的搜寻，最后，好不容易才找到的只是一具彻彻底底的死尸。

三郎什么感觉也没有。他还和父亲黄村一同去豆腐店参加了葬礼。随着十岁十一岁的到来，这份无人知晓的犯罪回忆开始折磨起三郎来。这样的犯罪使三郎的谎言之花开得越发美丽。对别人撒谎，对自己撒谎，一味地努力想将自己的犯罪从这世上、从自己心里抹消，及至长大，终于变成了无可救药的撒谎精。

二十岁的三郎成了一个老实、内向的青年。每到盂兰盆节，他就一边叹息一边向人讲述自己对亡母的回忆，博得左邻右舍的同情。三郎没见过母亲，他一出生，母亲就死了。他甚至从未想过母亲。他撒谎游刃有余了。他替师从黄村的两三个寄食学生代笔写信，最擅长写向父母要钱的信。譬如，开头写上“敬启”及四方景色云云，再以“父亲大人无恙幸甚”虚心问候，然后立刻写要紧事。倘若一上来先絮絮叨叨地写一大堆恭维话，然后突然说“请寄钱给我”，那就落入下乘了。一开始的一大堆恭维话，就会因为最后提要求的一句话而土崩瓦解，显得非常卑鄙无耻。因此，要鼓起勇气横下心来尽早说出要紧事，最好尽量简明扼要。譬如：“这次我们私塾开讲《诗经》，课本若从坊间书肆购买，需要二十二元钱，黄村先生考虑到学生的经济实力，决定直接从中国订购。实际费用是十五元八十分。错过这个机会，就得损失一笔小钱，因此我想尽快申请，还望火速寄来十五元八十分为盼。”接着再报告一下近况，说些无关紧要的寻常琐事。譬如：“昨日望向窗外，见众多乌鸦与一只鸢争斗，委实勇壮。”“前天去墨堤散步，发现一株奇花，花瓣小者似牵牛，大者如豌豆，白里透红，十分罕见，便连根拔起带回，移植在我房间的花盆里。”如此一来，仿佛已将请求寄钱等事统统忘却，尽显悠然。令尊见到这封信，感受到儿子平静的心境，就会为自己的碌碌之心而羞愧，然后微笑着把钱寄来。三郎的信事实上也的确非常顺利。学生们争相请三郎代笔写信或口述。钱一寄来，学生们就请三郎外出游玩，把钱花得一分不剩。黄村的私塾渐渐兴旺起来。听到风声的江户学生们，出于想跟年轻的先生偷学如何写信的心态，便来黄村这里受教。

三郎暗自思忖，像这样一天给几十个人代笔写信或口述，委实不胜其烦，干脆出书吧。他打算将“如何能让父母寄来一大笔钱”的诀窍编成一本书出版，但他又意识到，这将面临一个障碍：这本书若被父母买去熟读，会怎样呢？其罪孽深重的后果可想而知。三郎只好打消念头，另外学生们的拼命反对也是原因之一。尽管如此，三郎并未放弃著述的决心。他决定出版当时在江户流行的谐谑小说。以诸如“呵呵，尊敬的看官”开头，极尽戏谑蒙骗之能事，这与三郎的性格完全吻合。他在二十二岁时以“醉汉乱七八糟先生”这一笔名出版的两三本谐谑小说，出乎意料地畅销。

一日，三郎发现父亲的藏书中混有一本自己写的谐谑小说的杰作《人类万事谎言是真》，便若无其事地问黄村："乱七八糟先生的书好吗？"

黄村显出极不愉快的神色答道："不好。"

三郎笑着告诉他："那是我的笔名。"

黄村大声咳嗽了两三下，以掩饰自己的慌乱，然后怕被旁人听到似的低声问："赚了多少？"

杰作《人类万事谎言是真》的情节梗概，是讲述嫌厌先生这位性情乖戾的年轻人滑稽可笑地游戏人生的经历，比如嫌厌先生便是狎游花街柳巷，也会或谎称演员，或假冒阔佬，或伪装成微服出行的贵人。其欺骗手段极具匠心，几乎皆可乱真，女伶帮闲也坚信不疑，最后连他自己也信以为真，确信这绝不是梦，而是现实。于是一夜之间成了百万富翁，一朝醒来成了举世皆知的著名演员，滑稽可笑地度过了一生，刚一死去，就变回从前那个身无分文的嫌厌先生。这便是三郎的所谓私小说。二十二岁生日时三郎的谎言已经通神，他若谎称自己是这样，则一切都会变成真实的黄金。在黄村面前是个彻头彻尾的内向的孝子，在私塾学生面前则变成可怕的老江湖，在花街柳巷即是团十郎[1]、某老爷、某黑帮头目，这些伪装均看不出丝毫的做作或虚假。

---

① 著名歌舞伎演员市川团十郎。

在那第二年，父亲黄村死了。黄村的遗书中这样写道：

我是个骗子，是伪善者。我的心越是远离中国的宗教，就越为之心服。即便如此，我能活着，也是出于对没有母亲的儿子的爱吧。我虽然失败了，却想让这个孩子成功，可是这个孩子好像也要失败。我把我六十年来一枚一枚积攒下来的五百文零钱全部留给这个孩子。

三郎看完遗书后，苍白的脸上浮现出冷笑。他将遗书一撕两半，继而撕成四半、八半。为了防止饥饿而停止体罚孩子的黄村、比起孩子的名声更在乎版税的黄村、被邻居偷偷议论其在房子底下藏了满满一瓮黄金的黄村，留下五百文的遗产，寿终正寝了。这是说谎的末路。三郎感觉自己仿佛闻到了谎言在穷途末路之际所放的最后一个屁那令人无法忍受的恶臭。

三郎在附近的日莲宗寺庙里举办了父亲的葬礼。和尚胡乱敲响的大鼓声，乍闻给人以节奏野蛮的感觉，但细聆一阵子，就能听出节奏中那无可奈何的愤怒和焦虑，以及试图为之掩饰的自暴自弃的戏谑。三郎穿着带家徽的和服，手持念珠，弓背坐在十余个私塾学生的正中间，盯着前方不到三尺远的榻榻米的边沿心想：谎言是犯罪散发出的无声臭屁。自己的谎言，便是始自幼时的杀人。父亲的谎言，也是源于他把自己尚且不能尽信的宗教却叫别人去相信这一重大犯罪。虽是为了让沉闷不堪的现实变得多少清爽一些才说谎的，但谎言和喝酒一样，适量的标准越来越高，逐渐说出浓郁的谎言，经过切磋琢磨，终于散发真实的光芒。这种情况似乎不仅限于我一人。“人类万事谎言是真。”三郎忽然想起这句话，第一次觉得它竟与自己的皮肤贴合得如此紧密，不由得苦笑起来。啊，真是滑稽到了极点。将黄村的尸骨埋好后，三郎决心从今日起要过没有谎言的生活。大家都有秘密的犯罪，不必害怕，不必自卑。

“没有谎言的生活。”这句话本身就是谎言。美者谓之美，恶者谓之恶，这也是谎言。不管怎么说，将美者谓之美，说出这种话的心态当中恐怕就存在着谎言。那也脏，这也脏，三郎每晚都承受着难以入睡的痛苦。三郎终于找到了一种态度，就是无意志无感动的痴呆态度，像风一样活着。三郎把日常行动统统交由皇历决定，依皇历上的吉凶预测行事。他的乐趣是每晚做梦，梦中既有青青的草原，也有心动的姑娘。

一天早晨，三郎独自吃着早饭，突然摇头想了想，然后啪地将筷子撂在饭桌上，起身在屋里转了三圈，然后双手揣在怀里出去了。无意志无感动的态度变得可疑了。这才是谎言地狱的深渊。有意努力为之的痴呆为何不是谎言呢？我越是努力，就越是在加重谎言。随便吧。无意识的世界。三郎一大早就去了酒馆。

掀开绳帘进去一看，这一大清早的，已有两位先来的客人。令人吃惊的是，这二人竟是仙术太郎和打架次郎兵卫。太郎坐在桌子的东南角，肌肤细腻，宽下巴，脸上带着酒醉的酡红。他一边不停捻着耷拉下来的八字胡，一边喝着酒。次郎兵卫与之对坐，占据了西北角，浮肿的大脸油光四溢，持杯的左手从后面绕一大圈，缓缓地送到嘴边，一饮而尽，再将酒杯举至齐眼高，一时恍惚出神。三郎在二人中间坐下，开始喝酒。三人并非旧交，太郎眯起细眼，次郎兵卫用一分钟缓缓地转过头来，三郎用贼溜溜的、不安的狐狸般的眼神偷偷地观察着两人。随着酒劲儿渐渐发作，三人一点点地靠近了。当三人极力克制的醉意一下子爆发时，三郎率先开口说道：

“咱们一大早就凑到一块儿喝酒也是一种缘分，尽管江户是个走出五十米就可称作他乡的弹丸之地，但能像这样在狭小的酒馆里同日同时碰面，真是不可思议。”

太郎打了个大哈欠，然后慢吞吞地回道：“我是喜欢喝酒所以才来喝的，你别那样盯着我的脸看。”说着，他用手巾将脸包住。

次郎兵卫砰地一拍桌子，在桌上造成一个直径约三寸、深约一寸的大坑，然后回道：“没错，说缘分也是缘分。我刚从牢里出来。”

三郎问道：“你是为何坐牢的？”

“是这样的……”次郎兵卫用高深莫测般的低声细语讲述了自己的半生，说完流下一滴泪，泪水落入杯内酒中，被他一口吞下肚去。

“总觉得你像我的兄长一样。”三郎听完思索片刻后，先说了一句开场白，然后反复告诫自己不要撒谎，开始一段一段地讲述自己的半生。

次郎兵卫听了一会儿，说：“我怎么也听不懂。”便开始迷迷糊糊地打起盹来。而太郎，此前一直在不耐烦地打着哈欠，很快却睁开了一对细眼，侧耳倾听起来。

三郎讲完时，太郎懒洋洋地取下脸上的手巾，叫了一声：“三郎先生，”然后又说，“你的心情我很理解。我叫太郎，是津轻人，自两年前来到江户，便四处游荡，无所事事。请听我说说吧。”接着，太郎用懒倦的语调详细地讲述了自己迄今为止的经历。

突然三郎大叫起来：“我懂，我懂。”

次郎兵卫被叫声吵醒，睁开混浊的睡眼问三郎：“怎么了？”

三郎意识到自己高兴得忘乎所以了，很难为情。得意忘形才是谎言的结晶，尽管他勉强努力克制，醉意却不允许。三郎那模棱两可的克制被反弹回来，作用于自身，使得他变得自暴自弃，不管不顾地信口开河，撒下弥天大谎。

“咱们是艺术家，”说出这句谎言后，他更来劲儿了，“咱们三人是兄弟。既然今日在此相遇，当至死不离不弃。咱们的天下肯定很快就会到来。我是艺术家，我要将仙术太郎先生的半生和打架次郎兵卫先生的半生，以及有僭越之嫌的我的半生，作为三种生活方式的典范写给世人。”他说得兴起，越发什么都不顾了，谎言三郎的谎言火焰由此达到了极点。“咱们是艺术家，轻王侯慢将相，金钱于我等亦轻如一叶！”

阴火

诞 生

二十五岁那年春天，他对众多志愿者中的一名茫然无措地提出申请的新生说：“送你了。”然后将那顶似乎颇有来历的菱形学生帽交给对方，便返乡了。印着鹰羽家徽的轻便带篷马车，载着年轻的主人从车站出发，在二十多里远的回家之路上一溜烟地疾驶而去。车轮辚辚，马具锵锵，驭者叱咤，蹄铁闷响，其间亦有云雀啼鸣不时可闻。

在北国，入春也还有雪，只道路全是黑的、干的。田里的雪也将开化。山脉上积雪覆盖，平缓的起伏也枯萎得发紫。山麓下堆积着黄色木材之处，已可见低矮的工厂，粗大的烟囱冒出青烟升向晴空。那是他家。面对久违的乡景，新毕业生平静地投以懒倦的目光，故意似的打了个小哈欠。

那一年，他的生活主要就是散步。他逐一走过家里的各个房间，感怀其中的气息。西式房间发出药草的臭味，餐厅里是牛奶味，起居室里则是某种令人难为情的气味。他还在二楼的临街房间和后室及厢房徘徊。每拉开一道隔扇，他那不洁的心脏就隐隐悸动，因为每种气味都无一例外地使他忆起京城。

不光在家里，他还独自去田野散步。原野上的红树叶和田地里的浮藻花，在他尚能不屑一顾，但自耳畔掠过的春风和私语切切的一望无际的秋日稻田，则极称他心。

就寝后，他也很少将以前读过的小型诗集、大红封面上画着黑色锤子之类的书籍放在枕畔，而是躺在床上，将台灯拉至近前，端详双掌。他在手相上很下功夫。掌心堆叠着许多细纹，其中三条格外长的，皱曲着延伸开去。据说这三条淡红色的锁链象征着他的命运。由此推断，他的感情和智力发达，生命短暂，至多活不过三十岁。

第二年，他结婚了。他不以为太早，只要是和美人就行。婚礼盛大豪华，新娘是附近镇上一个酒坊掌柜的女儿，肤色浅黑，光滑的脸颊上甚至长着绒毛，擅长针线活儿。头一个月里，他对新婚妻子珍爱备至。

那年隆冬，五十九岁的父亲去世了。葬礼当日是个大晴天，积雪金光灿灿。他提着裙裤的左右下摆，穿着草制雪靴，啪嗒啪嗒地走在离山上寺庙约二里远的雪路上。父亲的灵柩用轿板抬着跟在他身后，灵柩后面站着他的两个以洁白面纱遮面的妹妹。队伍排得很长。

父亲死后，他的境遇为之一变。父亲的地位完全转移到他身上了，名声也是。

盛名加身，他果然有些忘乎所以，居然企图改革工厂。单这一次就令他精疲力竭，一筹莫展，到头来只能放弃，将一应事务统统交给管事打理。到他这一代，变化是西式房间里的祖父肖像画被罂粟花油画取代，还有黑铁门上多了一盏法兰西风格的昏昏的檐灯。一切都保持着原样，变化来自外界。那是父亲去世后的第二年夏天，镇上的银行出了岔子，搞不好他家也难免破产。

总算找到了一条活路，可管事又企图整顿工厂，惹怒了雇工。在他觉得，像是长久以来的担心竟以迅雷不及掩耳之势突然应验。他以愤怒多过凄凉的心态吩咐管事："满足那些家伙的要求。"现在他们要什么就给什么，再多的要求可不行。这样总行了吧？他扪心自问。于是，工厂小心翼翼地进行了小规模整顿。

从那时起他喜欢上了寺庙。寺庙就在后山上，铅皮屋顶闪闪发亮。他和那里的住持关系亲近。住持瘦削老迈，没了右耳，留下一道黑色的伤疤，因此有时显得面相凶恶。即便在炎热的盛夏，住持也会一步一步地爬上长长的石阶去寺庙。方丈室的廊前，夏草高茂，有四五朵鸡冠花盛开。他去寺庙时，住持多是在午睡。他来到廊前出声询问“有人在吗”，便常有蜥蜴摇着青尾从廊下爬出来。

他就经文的含义询问主持，住持却全然不知。慌张过后，住持哈哈大笑，他也微微苦笑。如此也好，他偶尔想听住持讲鬼怪故事。主持用嘶哑的声音接连讲了二十多个鬼怪故事。

他追问道：“这座寺庙也闹过鬼吧？”

主持答道：“完全没有。”

然后过了一年，他的母亲去世了。他母亲在丈夫死后，对他一直十分客气。她是太过提心吊胆，才折损了阳寿。随着母亲的死，他开始讨厌寺庙。母亲死后他才意识到，他对寺庙的兴趣，实则包含了几分为着母亲的奉侍。

母亲去世后，他感到了小家庭的冷清。两个妹妹中，大妹嫁到了邻镇的一家大饭馆，小妹去了京城的一所盛行体操的私立女校上学，只在寒暑假时返乡。小妹戴着黑色赛璐珞框眼镜。兄妹三人都戴眼镜，他戴的是铁框眼镜，大妹戴的是金丝眼镜。

他曾去邻镇游玩。在自家周围颇多顾忌，酒什么的都不敢喝。他在邻镇搞出好些个小丑闻，但很快也玩腻了。

他想要孩子，觉得孩子至少能挽救夫妻间的尴尬。他受不了妻子身上的鱼腥味，简直刺鼻。

到了三十岁，他有些发福。每天早上洗脸时，他用肥皂在手上搓出泡沫，手背就变得像女人的一样光滑。指尖被烟油子染成了黄色，怎么都洗不掉。他烟瘾很凶，一天要抽七包希望牌香烟。

那年春天，妻子诞下一女。大约两年前，妻子曾在京城的医院秘密地住了一个来月的院。

女孩取名百合，生得不像父母，皮肤白皙，头发稀疏，眉毛几近于无，四肢细长优雅。出生后的第二个月，体重达到五公斤，身高约为五十八厘米，比一般孩子发育得好。

出生后的第一百二十天，举办了盛大的庆生宴。

纸 鹤

我与你不同，似乎是过于天真。我娶了不是处女的妻子，三年来却一直不明真相。这种事或许不该说出来。对眼下正幸福地热衷于针线活儿的妻子来说，也太残忍，而且，大概还会激怒世上的许多夫妻。但我就是要说出来，因为我想痛揍你那道貌岸然的脸。

我既不读瓦雷里，也不读普鲁斯特。大体上，我是不懂文学的吧。不懂也无妨。我正在凝视更真实的他物，即是人类这一所谓市场的苍蝇。因此对我来说，作家才是一切，作品全无意义。

无论怎样的杰作，都超不过作家。作品超越了作家，是读者的昏眩错觉。你大概会面露不悦。想让读者相信灵感的你，肯定会轻蔑地认为我的语言卑劣而庸俗。既然如此，我可以说得更清楚些。我只在我的作品对我有益时才写。你若确实聪明，应该能对我的这种态度嗤之以鼻。若是不能，今后就给我改掉你那自作聪明的撇嘴习惯。

我现在就以羞辱你的意图来写这篇小说吧。这篇小说的题材，也许会使我出丑，但我绝不乞求你的怜悯。我要站在高过你的立场上，用人类的真实不伪的苦恼狠狠地扇你耳光。

我妻子说谎的本事和我不相上下。今年初秋，我完成了一则短篇小说，是向神夸耀我家庭幸福的。我也让妻子读了。她低声朗读后说不错，然后便对我做起了不检点的动作。我纵然再愚钝，也不免从妻子的这般举止背后，看出了非同寻常的态度。我思考着妻子的不安究竟从何而来，花了三个晚上。我的疑惑最终指向一个令人懊恼的事实：我果然有着该坐第十三把椅子①的好生事的性格。

我责备了妻子，这件事又用去三个晚上。妻子反而笑话我，有时甚至发火。我用了最后的奸计。在那则短篇小说里，甚至记载了一个像我这样的男人得到天赐处女的欢喜，而我摘出那一部分来折磨妻子。

我吓唬她说："我马上就要成为大作家了，这篇小说也将在今后百年流传于世，所以你也会作为骗子，和这篇小说一起

---

① 根据北欧神话，主神奥丁与其他十一位神明设宴之际，邪神洛基不请自来，怂恿黑暗之神霍德尔杀死了光明之神巴德尔。此事成为后来"诸神黄昏"的起因。

名扬天下，直至百年之后。”

胸无点墨的妻子果然怕了。她考虑了片刻，终于轻声对我说：“就一次。”

我笑着爱抚妻子鼓励她：“既然是年轻时的过失，没什么大不了的。”然后让她说得更详细些。

“啊，”过了一会儿，妻子更正，“是两次。”然后又说是三次。

我依然笑着问：“那男人是谁？”

妻子说出了一个陌生的名字。在妻子讲述那个男人的过程中，我情不自禁地拥抱了她。这是可悲的爱欲，也是真实的爱情。妻子最终吐露是六次左右，随即放声大哭。

第二天早晨，妻子满面春风。当我们在餐桌前对面而坐时，妻子开玩笑地双手合十拜我，我也愉快地咬住下唇望着她。于是妻子显出更轻松的模样，偷看着我的脸问：“难受吗？”

我回答：“有一点。”

我想告诉你，无论多么永恒的形象，都一定是卑劣而庸俗的。

那天我是怎么过的，也一并告诉你吧。

这种时候不能看妻子的脸、妻子脱下后丢在一边的袜子以及和妻子有关的一切。不仅是因为会想起妻子的荒唐过去，还因为会追忆我和妻子到最近为止的安乐日子。那天，我立刻出门了。我决定去造访一位少年西洋画家。这个朋友是独身。在这种情况下，已婚人士应当是不合适的。

我一路上都在警惕，不让自己的头脑闲下来。我陷进了关于其他问题的沉思，以免昨晚的事乘虚而入。人生和艺术的问题多少是危险的。尤其是文学，一下子就会唤回那段新鲜的记忆。我钻研起路上的植物来。枸橘是灌木，在春末开白花，属于哪一科不清楚。秋天，也就是再过不久，会结出黄色的小粒果实。再深究下去就危险了。我赶紧把目光转向别的植物——芒草。它属于禾本科，这一点毫无疑问，我以前学过。其白穗称作尾花，是秋之七草之一。所谓秋之七草，分别是胡枝子、桔梗、黄背草、瞿麦，以及尾花。还差两个，是什么呢……

“六次左右。”耳畔突然响起这个声音。我加快脚步，几乎要跑起来，不知打了多少个趔趄。这片落叶是……不，别想植物了。想想更冰冷的东西，想想更冰冷的东西。尽管脚下踉跄，我仍然重整阵容。

我在心里诵读 A 加 B 的平方公式，接着又研究了 A 加 B 加 C 的平方公式。

你装出一副不可思议的表情听我说话，但我知道，恐怕你在遭受我这样的灾难时——不，即使遇到更温和的问题，凭你平日里那高雅的文学理论也应付不来，别说数学了，就算是一只甲虫，你也会紧紧抱住不放吧。

我一一细数着人体内脏器官的名称，踏进了朋友居住的公寓。

敲响房门后，我仰望着吊在走廊东南角的圆形鱼缸，数起正在游泳的四条金鱼的鱼鳍来。朋友刚睡醒，勉强睁开一只眼睛出来开了门。走进朋友的房间，我终于松了口气。

我最惧怕孤独。能有个人说些话就算帮了大忙。对方若是女人，我会感到不安。男人最好，尤其是好好先生。这位朋友就符合条件。

我多嘴多舌地评论起朋友的近作来。那是一幅 727mm × 530mm 的风景画，在他属于大作，画的是建在清澈池沼边的红屋顶洋房。朋友似乎有些腼腆，画板是背过去靠在墙边的，我却毫不犹豫地把画板又翻过来看。我当时是怎样点评的来着？如果说你的艺术批评十分出色，那我当时的点评似乎也很不错。之所以这么说，是因为我也像你一样，进行了连珠炮式的点评。关于主题，关于色彩，关于构图，我都挑了一番毛病——尽量用概念性的词语。

朋友对我的话一一认可。不，是我从一开始就说个不停，甚至没给朋友插话的余地。

但老实说，这样的多嘴并不安全。我适时地打住话头，向这位年少的朋友挑战将棋。我俩坐在床上，在画着弯曲线条的纸板上摆好棋子，一盘接一盘地下起了快棋。朋友有时思考过久，惹得我大发脾气，把他吓得张皇失措，不知如何是好。哪怕只是一瞬间，我也不愿闲得无聊。

如此紧张的心态终归是不能持久的。我连下将棋都开始产生危机感，终于感到了疲惫。“不下了。”说着，我挪开纸板和棋子，钻进了被窝。朋友也和我并排仰躺着，抽起烟来。我这人稀里糊涂，休止在我可是大敌。悲伤的阴影已多次掠过我的心头。我无意义地嘟囔着“那么，那么”，去驱赶那道巨大的阴影。这样下去可不行，我必须动起来。

我趴在床上，拾起一张散落在枕畔的厕纸，开始了细致的折纸。你会笑话我吗？

先把这张纸沿对角线对折，然后再次对折，这样做成口袋，然后将这一端折起，这是翅膀，再将这一端折起，这是喙，再这样一拽，从这里的小孔向内吹气，就成了。这是鹤。

水　车

靠近桥了。男人到这里想掉头往回走。女人静静地过了桥，男人也过去了。男人左思右想，自己为何非得追着女人走到这里来。并非恋恋不舍。一离开女人的身体，男人的热情应该就已耗光。女人默默地准备回去时，男人点上了一支烟。发觉自己的手没有颤抖，男人更感到兴致全无。就那么置之不理算了。男人和女人一起离开了屋子。

二人在土堤的小路上漫步，时而男人在前，时而女人在前。那是初夏的一个黄昏，路旁星星点点地盛开着白色的繁缕花。

有一群不幸的人，只对恨死了的异性感兴趣。男人如此，女人亦然。女人今天也造访了男人在郊外的家，对男人的每一句话都加以莫名其妙的嘲笑。对于女人执拗的侮蔑，男人现在才决心动武。女人也有所察觉，做好了准备。这种无比紧张的战栗，激发了二人扭曲的爱欲。男人的力量是以异常的形式发挥出来的。当收复了各自的身体时，二人心里都清楚一个事实——他们并不相爱。

像这样并肩漫步，二人均感受到了不容妥协的抗拒，以及更胜以前的憎恶。

土堤下，一丈多宽的小河缓缓地流淌着。男人凝视着在昏暗中泛着微光的水面，又开始考虑是否要掉头往回走。女人依旧低着头一直前行。男人追了上去。

并非恋恋不舍，而是为了解决问题。说得难听些，是为了收拾残局。男人终于找到了说辞。男人离女人十步左右，边走边挥动手杖，将一路的夏草打倒。或许对女人轻声说一句“请宽恕我”，就能解决几个月来的问题。男人对此心知肚明，但他说不出口。别的且不说，时机已经迟了。这句话似乎是事后立刻说才有效，而如今二人重新开始对阵，再说这句话就实在太蠢了吧。男人打倒了一根青芦苇。

列车的轰鸣声就从身后传来。女人忽然回过头，男人也急忙把脸扭向后面。列车在河下的铁桥上驶过，亮着灯的客车车厢一节、一节、一节、一节地从他们眼前通过。男人感受到了女人投向自己的视线，如芒刺在背。列车驶了过去，只能听到从前方森林深处传来的车轮声。男人把心一横，转过头来直面女人。假如与女人视线相撞，就冷笑着这样说吧：“日本的火车也不错嘛。”

然而女人已步履飞快地走出很远。散布着白色水珠图案的新做的黄裙子，透过暮色印入男人眼中。她打算就这样直接回去？干脆结婚吧。不，其实并非真要结婚，而是为了收拾残局，尝试那样商量一下。

男人把手杖紧紧地夹在腋下，开始奔跑。随着渐渐接近女人，男人的决心开始动摇。女人略微端着瘦削的肩膀，步伐稳健。男人跑到女人身后两三步远，放慢了脚步。他只感到憎恶，女人浑身仿佛散发出令人无法忍受的难闻的臭味。

二人默默地继续前行。路中间突然浮现出一群蒲柳。女人走在蒲柳的左侧，男人选择了右侧。

逃走吧。解决什么的都不需要。即使我留在女人心里的印象是个过于油腻的恶棍，也就是普通的男人，那也无所谓。反正男人就是这样。逃走吧。

绕过那群蒲柳，二人谁也不看谁，又挨近了走。就说一句话吧，说我不会向别人透露。男人单手摸了摸袖兜里的香烟。或者这样说：无论是作为大小姐、贵夫人还有母亲，任何人一生都会经历一次这种事，关键是要觅得佳偶。那么，这女人会如何回答呢？她肯定会反问：“你是斯特林堡[①]？”男人划着一

① 瑞典剧作家、小说家。一生数次婚姻不幸，导致他对女性颇为仇视。

根火柴。女人黝黑的侧脸就那么扭曲着浮现在男人的鼻尖前。

男人终于站住了。女人也停下了脚步。二人依旧互相背过脸去，良久伫立。男人见女人似乎连一滴眼泪都不想掉，心里恨得不行，却故作轻松地环视四周。就在左边有个男人喜欢来散步的水车磨坊。水车在黑暗中缓缓转动着。女人一骨碌转过身去背对男人，又迈步前行。男人抽着烟，立定未动。他不打算叫住她。

尼　姑

那是九月二十九日深夜发生的事。我想，多忍一天到了十月再去当铺，就能赚来一个月的利息，所以我连烟也没抽，睡了一整天。都怪白天睡得太多，害得晚上睡不着。夜里十一点半左右，房间的隔扇嗒嗒作响。还以为是风刮的，可过一会儿又响了。咦？难道外面有人？我忐忑地从被窝里探出上半身，伸出胳膊拉开隔扇一看，只见门外站着一名妙龄尼姑。

那是个胖瘦适中、身材稍显娇小的尼姑，刮青的光头，鹅蛋脸儿，面颊浅黑，似略施过粉黛，两道地藏菩萨般的月牙眉，一双水灵灵的大眼睛，睫毛很长，鼻梁高挺，鼻子小巧，双唇微红略大，张开约一张纸的厚度，自缝隙间可见一排皓齿，有点地包天。身上缁衣看着多少有些短，似乎经过浆洗，折痕笔挺。底下露出约三寸长的一截桃红色小腿，丰满似橡胶球般圆鼓鼓的，上面长着薄薄的绒毛，脚踝被过小的白袜紧紧地勒出一道沟。右手持青玉念珠，左手拿着一本朱红封面的细长的书。

我以为是妹妹，就叫她进来。尼姑走进我的房间，静静地关上身后的隔扇，随着发硬的棉缁衣发出一阵窸窸窣窣的声响，她走到我的枕畔，规规矩矩地坐下了。我钻进被窝，仰面躺着，目不转睛地盯着尼姑的脸。恐惧突然袭来。呼吸停滞，眼前一片漆黑。

“虽然长得很像，但你不是我妹妹。”说完我才猛然发觉自己根本没有妹妹，“你是谁？”

尼姑答道：“我好像走错门了。没办法，看起来都一样。”

恐惧一点点退去。我看着尼姑的手。指甲长出两分[①]左右，关节干瘪发黑。

“你的手为什么那么脏？这样躺着看你，喉咙和其他地方明明都很干净。”

尼姑答道：“因为做了脏事。我自己也知道，所以才打算像这样用念珠和经书来遮掩。为了颜色搭配，我手持念珠和经书行走。缁衣能很好地衬托青、朱二色，让我的样子看起来更漂亮。”她一边说，一边哗啦哗啦地翻动经书，“给你读一段？”

“好。”我闭上眼。

---

① 十分为一寸。

“这是莲如大师的法语。细观夫人之浮生相，凡无常之物，皆此世始中终之如幻一期——太难为情了，如何还读得下去，读别的吧。夫女人之身，因五障三从，有胜男之深罪，故一切女人——愚不可及。”

“声音真好听。”我依旧闭着眼，“继续读呀。我整天百无聊赖，若能对陌生人的来访既不惊讶也不好奇，什么都不问，就这么闭上眼轻松地交谈，我若能成为那样的男人，该有多高兴啊。你意下如何？”

“不行。我无能为力。您喜欢听故事吗？”

“喜欢。”

尼姑开始说道：“讲个螃蟹的故事吧。月夜的螃蟹之所以瘦，是因为它害怕自己被月光映在沙滩上的丑陋的影子，终夜难眠，踉跄乱走。在月光照不到的深海，于缓缓摇曳的海带林中安眠，再做个关于龙宫的梦——这样的态度才是得体的，而螃蟹对月亮着了迷，只是急着去海滨。一来到沙滩，它就发现了自己丑陋的影子，既震惊又害怕。‘这里有男人，这里有男人。’螃蟹一边吐泡沫，一边反复嘟囔着踉跄而行。蟹壳容易被压碎。首先从形状上，就是易碎的结构。据说蟹壳被压碎时，能听见咵嗤[①]的声音。从前，英国有一只大蟹，生来甲壳

---

① 是英文 crush（压碎）的谐音。

就是红的，很美。这只蟹的甲壳就被压碎了，惨不忍睹。那大概是民众的罪过吧，抑或是大蟹自己招来的报应？一天，大蟹苦闷地摇晃着它那露出白肉的甲壳，走进一家酒馆。酒馆里有许多小蟹正聚在一块，边抽烟边聊女人。其中一只生于法国的小蟹，瞪着澄澈的眼睛，注视着大蟹。小蟹的甲壳上交错着许多东方格调的灰色暗纹。大蟹一边自惭形秽似的避开小蟹的视线，一边悄声说道：'你别欺负被哼嗤了的螃蟹呀。'啊，这只比大蟹小得多的、寒酸得不像样的螃蟹，如今忘了羞怯，兴冲冲地离开了北方的大海。它也被月光迷住了。来到沙滩一看，它也吓了一跳。这个影子，这个扁平的丑陋的影子，当真是我的影子吗？我是个新鲜的男人，可你看我的影子，已经快被压碎了。我的甲壳竟生得如此难看，如此脆弱吗？小小的螃蟹一边嘟囔着，一边踉跄而行。我有才能吗？不，不，就算有，也是奇怪的才能，是所谓处世的才能。你为了推销稿子，是怎么向编辑抛媚眼的？用尽这般那般的手段。滴眼药水装哭哀求，还是威胁恫吓？穿身好衣服吧。对作品一句注释也别加。你就给我显出无聊的样子这么说：'如果可以的话。'甲壳阵阵刺痛。身上的水汽似乎干了。这一身的海水味，是我唯一的可取之处。若是海潮的气味消失，啊，我也想消失。再下一次海吧，潜入大海最深处吧。令人怀念的海带林、游牧的鱼群。小蟹气喘吁吁地在沙滩上踉跄而行。在海滨的茅屋后歇脚，在将腐的渔船下歇脚。此乃何处蟹？远来角鹿蟹。横行至何处？”她闭口不语了。

“怎么了？”我睁开眼。

“没什么。”尼姑静静地答道，“我怕亵渎神明。这是《古事记》的……会遭报应的。厕所在哪儿？”

“出了房间，顺檐廊向右一直走到头，有一块杉木门板。那就是厕所门。”

“一到秋天，女人就冷。”说完，她像淘气的孩子一样缩起脖子，两个眼珠骨碌碌地转了转。我露出微笑。

尼姑离开了我的房间。我猛地拽过被子蒙住头思索起来。我并非在思考高深的事情，只是像个恶棍般窃笑，心想这下赚了。

尼姑略显惊慌失措地回来了，她啪地一下拉上隔扇，然后就那么站着说道：“我得睡了。已经十二点了。可以吗？”

我答道，“可以。”

自少年时我就认为，无论多穷，被子须得好看，因此即便是在这种突然出现住客的时候，我也不曾张皇失措。我爬起身，从我铺的三层褥子中拽出一条，铺在我的被子旁。

“这褥子上的花样真独特啊，像玻璃画一样。”

我把自己盖的两条被子扒下来一条。

“不用。我不盖被，就这么睡。”

“是吗？”我立刻钻进了我的被窝。

尼姑将念珠和经书轻轻地塞在褥子底下，然后穿着缁衣躺在没有褥单的褥子上。

“请仔细看着我的脸。我眨眼之间就会睡着，然后马上开始咯吱咯吱地磨牙，然后如来佛就会降临。”

“如来佛？”

“是的。佛祖每晚都会降临夜游。听说您闲得无聊，不妨仔细一观。我什么都不要，也是为了这个。”

果然，话音刚落，就传来了平稳的呼吸声。当尖锐的咯吱咯吱声响起时，房间的隔扇开始嗒嗒作响。我从被窝里探出上半身，伸出胳膊拉开隔扇一看，只见门外站着如来。

如来骑着一头约二尺高的白象，白象背上架着一具锈黑的金鞍。如来有些……不，是相当枯瘦，肋骨根根凸出，如同百叶门。如来赤身裸体，只在腰间围了一块破烂不堪的褐色的布，螳螂般瘦细的手脚上沾满蛛网和烟尘，浑身皮肤漆黑，短发赤红卷曲，脸庞仅拳头大，连眼鼻都分不清，只能看出满是皱纹。

“是如来佛吗？”

“是的。”如来声音低哑，“迫不得已，我只好出来了。”

“好像有股子臭味。”我抽了抽鼻子，臭烘烘的。如来一出现，便有莫名的恶臭充斥我的房间。

“果然暴露了吗？这头象已经死了。尽管放了樟脑，好像还是有味儿。”然后如来进一步压低了声音，“现在活的白象很难弄到手。”

“普通的象也行啊。”

“不，即使从如来的面子来说，也不能那样。其实，我并不想打扮成这样出风头。是那些讨厌的家伙逼得我不得不出来。听说佛教盛行了？”

“啊，如来佛，请快想想办法。我从刚才就感觉臭得喘不过气，憋得要死。”

“对不住。”然后如来嗫嚅道，“你告诉我，我出现在这里时是不是很滑稽？就如来现身的方式来看，你不觉得有失体面吗？请照实说。”

“不，非常好。我觉得很体面。”

“呵呵。是吗？”如来将身体略向前倾，“那我就放心了。我从刚才就为此担心得不得了。我也许是个花花公子。这下可以放心回去了。让你看看如来是如何离去的吧。”说完，如来打了个喷嚏，“糟了！”话音刚落，如来和白象便似落水的纸，顿时变得透明，元素悄无声息地分裂成微尘，云消雾散。

我钻回被窝看向尼姑。尼姑仍睡着，脸上笑容可掬。那既像是着迷的笑、侮蔑的笑、天真的笑、演员的笑、谄媚的笑、喜悦的笑，又像是破涕为笑。尼姑一直在笑，笑着笑着，身子却越来越小，随着流水般的潺潺声，变成了两寸来高的人偶。我探手过去抓起人偶端详：浅黑的脸颊上笑容凝固，雨滴般的嘴唇依然微红，芥子般的皓齿整整齐齐，粉雪般的小手略微发黑，松叶般的细腿套着米粒大的白袜——我是轻轻吹起缁衣下摆看见的。

盲草纸

青苹果

什么都别写，什么都别读，什么都别想。只要，活着！

太古之貌，一如苍空。大家也别被这苍空蒙骗，对人类冷酷无情者莫过于此。你连一个铜板都不曾与我，我死也不拜你。刷牙，洗脸，然后躺在檐廊上的藤椅里，静观妻子洗衣。盆中的水满溢出来，淌在庭院里的黑土上，悄无声息地漫延。水到渠成。若有这样的小说，当可存活千年万年。我称之为人工的极致。

故事从目光锐利的主人公来到银座扬手叫住一辆出租车开始。主人公怀有崇高的理想，为之历尽艰难困苦，其堂堂无愧的阿修罗形象，足以震撼千百读者的心，而且小说有着不可动摇的完备首尾……我也想写那样的真正的小说。我的一个中学时的朋友，最近娶了个穿洋装的妻子，其实是狐狸变的。我对此一清二楚，但总觉得朋友可怜，不敢直言。狐狸喜欢我朋友。我也许是多疑了，总觉得被野兽迷住的朋友日渐消瘦。我或许应当佯装不知，创作一篇首尾完全一致的小说，不动声色地暗示朋友。我曾见朋友的书架上摆着一本题为《人生自四十始》的书，他自诩生活健康，邻居们似也信以为真。假如朋友读了那篇小说，然后说“你的小说拯救了我”，岂不意味着我也写出了很有用的小说?

然而，够了。水的无声爬行、延伸，现在我亲眼见过了，所以不想再当骗子。如此创作小说，纵然写出百篇杰作，于我又有何意义？（约三个钟头）我可不是睡着了哟。对了，借用你的话，我是陷入了沉思。

我翻看《枕草纸》[①]：“使人怦然心动者——饲养雏雀。路经儿戏处。燃上好熏香独卧。见唐镜稍显昏昧。[②] 云云。”我尝试编织自己的语言，“目见模糊，耳闻隐约，纵掬诸掌中，亦于不知觉间自指缝流失之空虚——此物密藏己心，无人知晓。故意不还三元借款。（因为我是贵族之子。）见一雪白裸女躺卧。（因为这是生物的悲哀之象征。）人皆以吾之面貌为无与伦比、弥足珍贵、英武生威。祭典。”好了，就这些吧。七岁那年，我曾见过在我村赛马中获胜的那匹马的扬扬得意的模

① 即《枕草子》。本篇题名即脱胎于此。

② 关于此句含义，历来众说纷纭。或云犹“雾里看花花愈美”之况味。

样。当时我指着它嘲笑了一通。从那以后，我的不幸开始了。虽然喜欢祭典，虽然喜欢得要命，当日我却谎称伤风，掩牖闭户，在昏暗的房间里躺了一整天。

“啊，写几张了？”（我让十六岁的邻家姑娘松子记录我的独白。）

松子舔着食指指尖答道：“一张两张三张四张，再加上，一、二、三……三行。”

“可以了，谢谢。”

我从松子手中接过五张稿纸，发现平均每张都有三十来个错别字，但我并未生气，而是亲自仔细改正，同时不免为只写了五张而沮丧。从前，江户番町[①]有个叫阿菊的幽灵数盘子，不管数多少遍，总是少一个。只差一个。我痛切地体会到了那个幽灵的不甘。

这一次，我尝试躺着自己执笔。

现下，邻家姑娘正挨坐在我所躺的藤椅旁，轻倚着桌子，眼珠贼溜溜地在一本名叫《非望》的文艺杂志上转悠。我就写一写关于她的事。

我移居此地是在昭和十年[②]的七月一日。八月中旬，我的心神被邻家庭院里的三株夹竹桃深深地吸引了。我很想要，便

① 番町是东京都（即江户）千代田区的一种区域划分，主要有一至六番町。

② 即 1935 年。

吩咐妻子去央求邻家转让一株给我，随便哪株都行。妻子边更衣边说，拿钱买太失礼，让我过几天去东京买个手提袋或什么礼物送给人家，我说还是给钱比较好，就给了妻子两元钱。

听妻子回来后讲，邻家的男主人是名古屋那边的私营铁路站长，每月只回一次家，家里只有他太太和一个十六岁的女儿。提起夹竹桃，人家反而过意不去，说是喜欢哪株拿哪株。听上去，是个随和的太太。我次日便找来镇上的花匠，带上他去邻家拜访。一个脸庞光润小巧的妇人打着招呼迎了出来。她四十来岁，身材略胖，嘴角显得和蔼可亲，给我的感觉也很好。三株夹竹桃，我选了当中的那株，然后坐在旁边的檐廊上聊了起来。记得我确实说了以下的话：

“我老家是青森，夹竹桃等植物很少见。对我来说，盛夏的花比较好。合欢、百日红、锦葵、向日葵、夹竹桃、莲，还有卷丹、夏菊、鱼腥草，我都喜欢，只有木槿不喜欢。”

我为自己兴高采烈地列举许多花名而着恼。莽撞！后来，我便突然一言不发了。临走时，我对一动不动地坐在太太背后的小女孩说：“来我家玩吧。”

女孩回答：“好。”便静静地跟在我身后，走进我的房间，坐了下来。情况似乎就是这样。我懊悔于迷上了夹竹桃且为之沾沾自喜，因此将移栽之事统统交给妻子，自己则在八叠大的客厅里和松子聊天。这次谈话令我感觉犹如在读一本书的第二三十页，有种 at home 的温暖，以至于忘记了自己一贯的姿态。

第二天，松子往我家信箱里扔进一张叠成四折的洋纸。我整宿没睡着，一大早就出了被窝，比妻子起得还早。我一边刷牙，一边取出报纸，发现了那张纸片。纸片上这样写道：

“您是值得尊敬的人，不可以死。您谁也不认识，我什么都愿意做，随时为您赴死。”

吃早饭时，我把那张纸片给妻子看，吩咐她说：“那一定是个好孩子，你去邻家问一下，让她每天都来玩。”从那以后，松子每天都来我家玩，一天不落。

“松子你肤色黑，可以当产婆。”一天，我正因别的事情生气，说了这么一句话。松子尽管不算太丑太黑，但鼻子很扁，生得并不美。不过，她的两个嘴角上翘，显得挺机灵，而且眼睛又黑又大，这是她的优点。关于体态，我问过妻子，妻子回答说：“才十六岁，难道那还不算高个子？”另外，关于衣着打扮，妻子回答说：“她总是穿得干净利索不是吗？是那位太太照顾得好。”

我和松子聊天时，偶尔会忘记时间。

“我到十八岁就去京都的茶馆工作。”

“是吗？已经规划好了？”

“听说母亲的一个熟人开了间大茶馆。”所谓茶馆，似乎就是日式酒家。明明有个做站长的父亲，还得做这种工作，至于吗？我万万无法理解，替她不平。

“那不就是当女佣吗？”

“是的。但是……听说那间茶馆历史悠久，在整个京都都很有名。”

“那我得去见识见识。”

“一定要来呀。”松子兴奋地说。然后，她的眼神似在凝望着远方，低声咕哝道，“请您一个人来。”

“那样更好吗？”

“嗯。”松子停下捻袖口的手，点了点头，“因为人多的话，我的存款很快就会花光。”松子是打算自己花钱请我玩。

“你有那么多存款？”

“母亲给我买了保险。到三十二岁，我就能拿到很多钱，有好几百元呢。”

一晚，我又突然想起一句话，叫“懦弱女产私生子”。我担心松子色厉内荏，说不定是个弱女子。我要问问她。

“松子，你珍惜你的身体吗？”

松子正在隔壁六畳大的房间里帮我妻子给衣服拆线，一时间，屋里鸦雀无声。不久，松子答道：“嗯。”

“是吗？那就好。”我翻了个身，重新闭上眼。放心了。

前几天，我当着松子的面，将装满沸水的铁壶扔向妻子。

妻子写信给我的一个穷朋友，想偷偷寄钱给他，被我发现了。我叫她“别越分”，妻子却满不在乎地回答说：“这是我的私房钱。”

我火冒三丈：“岂能容你任意妄为！”说着将铁壶朝天花板狠狠地扔去。我无力地瘫倒在藤椅上，看了眼松子。松子手握剪刀而立。是要刺我吗？还是刺我妻子？我可以任她随时来刺，便视若未见，而妻子似乎全不知情。

关于松子，我不愿再多写。我是不想写了。我把这孩子看得比我的性命还重要。

松子已不在我身边。我让她回家了。因为天黑了。

夜幕降临。我必须睡觉。已然整整三天三夜，我用尽了各种手段，就是睡不着，为此终日昏昏沉沉。这种时候，妻子比我更不堪，她曾号啕着说：“请抚摩我的身体，就一定能睡着。”我试了，还是不行。记得当时在我眼里，邻村森林附近的电灯光，好似蓟花一样。

我现在必须睡觉，但未写完的作品必须完成。我在枕畔备好稿纸和 3B 铅笔，然后才躺下。

每夜每夜，如万朵花般在我的眉间左近飘然狂舞的无量数的语句洪水，今晚却不知为何，好似雪霁后的朗然晴空，徒留下我一人，使我越发羞耻，恨不能变成石头，一味地辗转反侧。在遥不可及的天际飞舞的淡蓝色蝴蝶，用捕虫网终于扣住了两三只，明知是空虚的语句，姑且先捉了罢。

夜的语句。

“但丁——波德莱尔——我。看上去犹如一条钢铁般的直线。此外别无他人。”

“纵死犹前进。”

“为长生而活着。”

“蹉跌之美。”

“只说 Fact。我知道外出夜游对身体有害，可身体反馈来的却是痛快。竹杖。（我知道附近的人称它为鞭子。）少了这个，散步的乐趣就会减半。我总是拿它来戳电线杆，猛击树干，打倒脚下的草。附近就是渔村。已然夜阑人静，因为渔夫们得起大早。泥海。穿着木屐下海。咬牙切齿。我只想死。有个男人大声呵斥，（真没出息！振作起来！）我呢喃道，（我担心你更没出息。）船桥市聚集了许多狗，一只一只冲我吠叫。艺伎坐着黑色人力车超过了我，在单薄的车篷里回头观瞧。八月底，妻子从澡堂回来，说听到两个皮肤肮脏的艺伎聊起我，她们说我‘仔细一看还不错’。（你这张脸，肯定招二十七八岁的艺伎们喜欢。不如下次拜托老家的兄长，给你添个二房如何？真的。）妻子坐在镜台前，一边薄施香粉一边说道。（再早一年，不，再早半年就好了！）矮檐房里的挂钟，开始当当作响。我拖着残疾的左腿奔跑。不，是这个男人逃跑了。碾米店掌柜辛苦挣钱，浑身被米粉染得雪白，为了妻子和三个还流着鼻涕的儿子，为了衣食用具而努力着。我，（别看我现在这样，不也在努力工作吗？我不觉得丢脸。）碾米机的声音。”

“佐藤春夫说，低级趣味的极端。因此在这里企图表现的是夸张的美。”

“文士相轻。文士相重。来来回回。——称量安眠药的精致天平。面无表情的护士粗暴地搬动天平。”

始发电车。

夜幕撤去，天已大亮，我却起不来。在这种身体不适的早晨，我就吩咐妻子往杯里倒点酒拿过来。必须起床刷牙的念头，是如此显见的可悲。这种时候孩子会要求“快醒醒”。我一边品尝着在我是严肃的酒，一边望着庭院，睁大惺忪的双眼。院子中央建着一座约一坪大的扇形花坛。我想起，在秋凉渐浓、身体难耐时分，我曾当着妻子的面咕哝过的一句话：“哪怕光是院子也好，让它热闹起来吧。”近二十种花草的球根在我今早睡觉时被种上了，而且在那个扇形花坛里，林立着简直晃眼的白纸牌，纸牌上写着花草的名字。

“德国铃兰。”

“鸢尾。”

“藤本月季法瓦。”

“君子兰。”

“白孤挺花。”

“西洋锦风。”

“流星兰。”

“长太郎百合。”

“风信子大羊。”

“琉蒙西斯。”

“鹿子百合。”

“长生兰。”

“米斯安拉斯。”

“电光玫瑰。”

“四季牡丹。”

“王夫人郁金香。”

“西洋芍药雪越。”

“黑龙牡丹。”

——我一一记在枕畔的稿纸上。眼泪流了出来。泪水顺着脸颊，直流淌到赤裸的胸口。有生以来头一次出丑。扇形花坛。还有风信子大羊。活该。已经无可挽回。所有望着这座花坛的人，肯定都发现了密藏在我心中的土里土气的鲁钝。扇形，扇形。啊，这一幅像我像得叫人无奈的残虐无道的讽刺画，就这么摆在了我的眼前。

松子若是看到这篇小说，恐怕不会再来我家了吧。因为我伤害了松子。或许也正因这个缘故，眼泪才会如此源源不断地涌出？

不。扇形，似乎在谴责我。松子我也不需要。我是为了努力让这篇小说达到其理应存在的位置而哭的。我死也要巧言令色。这是铁的原则。

现在，值此与读者分别之际，我可以极其自豪地说，我在这篇十八张稿纸的小说中列举了十指数不过来的自然草木的名称，对于它们的姿态，没有一行言不由衷的懒散描写，不，一句也没有。别了，走吧！

“这水，当可随君之器吧。”

图书在版编目（CIP）数据

他非昔日他 /（日）太宰治著；程亮译. —北京：现代出版社, 2020.1（2024.1重印）
ISBN 978-7-5143-8303-4

Ⅰ.①他… Ⅱ.①太… ②程… Ⅲ.①中篇小说－小说集－日本－现代 ②短篇小说－小说集－日本－现代 Ⅳ.①I313.45

中国版本图书馆CIP数据核字（2019）第272645号

作　　者　[日] 太宰治
译　　者　程　亮
责任编辑　曾雪梅　申　晶

出 版 人　乔先彪
出版发行　现代出版社
地　　址　北京市安定门外安华里504号
邮政编码　100011
电　　话　(010) 64267325
传　　真　(010) 64245264
网　　址　www.1980xd.com
印　　刷　三河市嵩川印刷有限公司
开　　本　880mm × 1230mm　1/32
印　　张　7
字　　数　140千字
版　　次　2020年3月第1版　2024年1月第2次印刷
书　　号　ISBN 978-7-5143-8303-4
定　　价　59.80元

那我问你，那个男人，

与这里的我，可有哪怕一点不同之处？

——太宰治

他非昔日他

[日]太宰治 | 著　只读文化工作室 | 出品

太宰治・他非昔日他

だざいおさむ　彼は昔の彼ならず

只读

时间宝贵，我们只读好书。

—和风译丛—

001 太宰治《人间失格》（平装）
002 太宰治《惜别》（平装）
003 织田作之助《夫妇善哉》（平装）
004 宫泽贤治《银河铁道之夜》（平装）
005 坂口安吾《都会中的孤岛》（平装）
006 上村松园《青眉抄》
007 太宰治《关于爱与美》
008 谷崎润一郎《黑白》
009 梶井基次郎《柠檬》
010 幸田露伴《五重塔》
011 宫泽贤治《银河铁道之夜》（精装）
012 太宰治《人间失格》（精装）
013 太宰治《惜别》（精装）
014 芥川龙之介《罗生门》
015 泉镜花《汤岛之恋》
016 夏目漱石《我是猫》
017 樋口一叶《十三夜》
018 尾崎红叶《金色夜叉》
019 坂口安吾《都会中的孤岛》（精装）
020 樋口一叶《青梅竹马》

只读

时间宝贵，我们只读好书。

021 织田作之助《夫妇善哉》（精装）

022 太宰治《虚构的彷徨》

023 太宰治《他非昔日他》

—即将推出—

谷崎润一郎《细雪》

谷崎润一郎《卍》

谷崎润一郎《猫和庄造与女人》

谷崎润一郎《少将滋干的母亲》

永井荷风《梅雨前后》

永井荷风《隅田川》

堀辰雄《我思古人》

……